衛斯理小說典藏版 20

追龍

衛斯理
親自演繹衛斯理

《追龍》

新之又新的序言，最新的

衛斯理小説從第一次出版至今，歷時已近半世紀，總共出了多少正版，還能計得清，若是連盜版一起算，那就算找外星人來算，也算勿清楚哉！不知能不能也算世界記錄。

算得清好，算勿清也好，能幾十年來不斷出新版，説明不斷有讀者加入，對作者來説，沒有更值得高興的事了，謝謝所有喜歡衛斯理的人，謝謝謝謝。

二〇二〇年六月四日 香港

幾句話

寫了四十多年小說，論者將拙作分為三個時期：早、中、晚。在明窗出版的一批，屬於早期和中期的上半。三個時期的創作風格有相當程度的不同，所以風評不一。本人並無偏愛，但讀友對早期的作品，頗有好評，大抵是由於在早、中期作品之中，主要人物精力充沛，活力無窮，所以使故事曲折多變，小說也就格外吸引。明窗出版社此次重新出版這批作品，正好讓大家來證明這一點。

四十餘年來，新舊讀友不絕，若因此而能有新讀友，不亦快哉！

二〇〇五年十一月六日

倪匡

序言

這個故事，是所有幻想故事中最奇特的一個，奇特在它雖然看來是一個幻想故事，可是卻再實在也沒有——東方的一個大城市會徹底毀滅，那是「氣數」，沒有任何力量可以挽回。

天知、地知、你知、我知，都知道這個大城市的名字，也知道這個大城市會在什麼時候毀滅。

衛斯理能做的事——孔振泉說他是「吉星」——只是在事前，也就是現在，盡他的一切可能告訴大家：如果有可能，趕快離開這座快毀滅的城市，別存半絲半毫倖念，趕快，盡一切可能！

大災劫必然會發生，一定會！
可以逃避的，盡一切力量逃避！
留下來的，必然遭劫！
天啊！

衛斯理（倪匡）

一九八七年二月十九日

兩點說明

第一點說明：香港俚語，「追龍」這個名詞有特殊意思——指吸毒，尤其指用錫紙加熱來吸食海洛英粉的行為，是一個專門動詞。香港的反吸毒運動，有標語：「生龍活虎莫追龍」，可知「追龍」一詞，應用相當普遍。

我寫的「追龍」故事，當然和這種特殊的意義毫無關連。這情形恰似早年記述過的一個故事「蠱惑」，我寫的是蠱的迷惑，和粵語中的「蠱惑」一詞的含義，絕無關連。

第二點說明：「蠱惑」是蠱的迷惑，「追龍」，是不是追尋龍的蹤迹故事呢？為了避免有這樣的誤會，所以要作第二點說明：也不是。

追尋龍的蹤迹，倒是一篇科學幻想小說的題材：恐龍是已經絕迹了的生物，某地，忽然發現了恐龍的足迹，於是組織探險家去追尋，結果可以是找到了恐龍或找不到，但過程照例有很多驚險可寫——深入蠻荒啦，沿途的原始森林啦（可以查參考書，抄大量古代動植物的名稱、形狀、生長過程），也可以寫蠻荒的風景，可以寫大量古代生物（照樣查參考書，抄一些名詞上去，甚至連拉丁文名字也抄上去，以示作者的淵博），再加上人物有忠有奸，添點愛情，就是一篇科幻小說的樣版！

只可惜，照這樣方式寫出來的東西，決不會好看，可能有大量科學，卻少了幻想。

我如果照這樣的方式去寫，「衛斯理」這個名字，大約至多只能出現在三五本書上，而決不是像如今這樣的四五十本。公式化的故事，讀者很快就會厭倦。

那麼，「追龍」記述的究竟是什麼故事呢？當然不是三言兩語講得完，看下去，自然會明白。

目錄

第一部

一個垂死的星相家

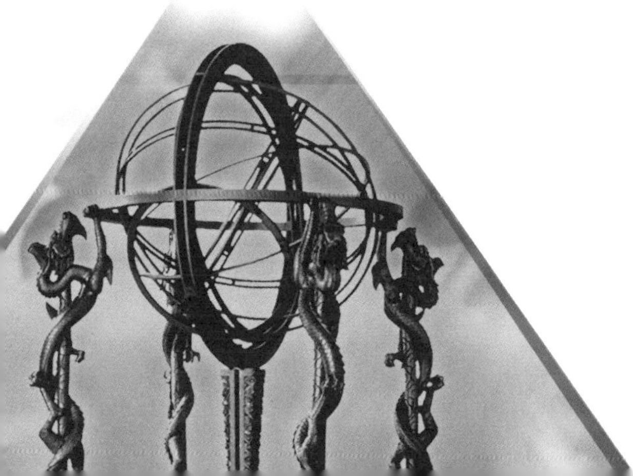

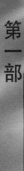

那天晚上，雨下得極大。大雨持續了大半小時，站在歌劇院門口避雨的人，每個人都帶着無可奈何的神情，看着自天上傾瀉下來的大雨，雨水沿着簷瀉下來，像是無數小瀑布，雨聲嘩嘩地吵耳，有車子經過時，濺起老高的水花。歌劇散場，大量聽眾湧出來時，大雨已經開始。聽歌劇的人，衣著都十分整齊，很難想像衣著整齊的紳士淑女，在這樣的大雨之中冒雨去找車子，所以，湧出來的人，都停在歌劇院的大門口，大門口擠滿了人之後，人就擠在大堂。

這樣的大雨天，天氣大都十分悶熱，小小的空間中擠了好幾百人，更是令人難以忍受，可是雨勢一點沒有停止的意思，愈來愈大。

我對歌劇不是很有興趣，它和我的性格不合：節奏太慢——主角明明快死了，可是還往往拉開喉嚨，唱上十分鐘。不過白素卻十分喜歡，我陪她來，她顯然對這次的演出十分滿意，所以看她的神情，並不在乎散場後遇上大雨的尷尬，仍在回想剛才台上演出的情景。

等了大約十多分鐘，我覺得很不耐煩，一面鬆開了領結，一面道：「車子停得不是很遠，大不了淋濕，我們走吧！擠在這裏有什麼好。」

白素不置可否，看起來她好像並不同意，我又停了一會，忍無可忍，而且，劇院方面在這時候，竟然熄了燈，向外看去，在路燈的映照之下，粗大的雨絲，閃閃生光，去淋一場大雨，重新嘗嘗少年時常常淋雨的滋味，也是很有趣的事。

所以，我不理白素同意與否，拉着她的手，向外面擠去。

我一手伸向前，一面不斷道：「請讓一讓，請讓一讓。」

我快擠到門口，我向前伸出開路的手，推了一個人一下，那個人轉過身來，用十分粗大的聲音，向我呼喝着：「擠什麼，外面在下大雨。」

那是一個樣子相當莊嚴的中年人，身子也很高，身體已開始發胖，略見禿頭，濃眉、方臉，一望而知是生活很好、很有地位的人，他用十分不耐煩的神情望着我。

我冷冷地望了他一眼：「還是要請你讓一讓，我願意淋雨。」

那中年人的口唇動了一下，可是他卻沒有再說什麼，我拉着白素，在他身邊走了過去，一面向前走着，一面向白素咕噥着：「這種人，不知道為什麼這樣怕淋雨，看他的情形，就算他爸爸快死了，他也會因為下雨而不去看他。」

白素瞪了我一眼，她感到我說話太刻薄，就會這樣白我一眼。在白素瞪我的同時，我聽得那中年人發出了一下憤怒的悶哼聲。

也就在這時，忽然有人大叫了起來：「衛斯理！」

這時，擠在劇院門口和大堂的人雖多，但是也決沒有人大聲講話，只是在低聲交談或抱怨，所以那一下大叫聲，幾乎引得人人注意。我站定，循聲看去，想看看是哪一個混蛋在做這種事。

我看到一個人距離我大約十公尺，正急急忙忙，向我擠過來，他擠過來的情形，比我剛才擠出來時粗野得多，在他身邊的人都皺着眉。

我也立時認出他是什麼人來了，他是陳長青。

陳長青是我的一個朋友，至於他是一個什麼樣的人，我在「木炭」這件事中，有詳細的敘述。十分有趣的是，他不但接受一切不可理解的怪事，而且，他還主動憑想像，去「發掘」古怪的事情。

他擠到那中年人的面前，伸手推那中年人，我心中暗暗好笑，心想，那中年人一定不會放過陳長青。

可是，出乎我的意料之外，那中年人被陳長青推得跌了半步，卻全然沒有憤怒的反應，只是向我望來，張大了口，露出十分驚訝的神情。

我心中奇怪，無法去進一步想，何以那中年人對於陳長青粗魯的動作，竟然不提抗議。陳長青已經來到了我的身前，仍然大聲嚷叫着：「衛斯理，見到你真好，我剛有事找你。」

他大聲一叫，附近人的目光，又集中到我們這裏來，我立時道：「好，有什麼話，我們一面走一面說好了。」

陳長青呆了一呆，陡然叫了起來：「一面走一面說？外面在下大雨！」

我實在不想和他多說什麼，所以我立時道：「那好，你避雨，我走了。」

我立時向外走去，不理會陳長青。陳長青叫道：「衛斯理，有一件怪事要告訴你，你不聽，會後悔。」

我十分明白陳長青這種拿着雞毛當令箭的人的所謂「怪事」是怎麼一回事：走路時有一張紙片飄到他的面前，他可以研究那張紙片一個月，以確定那是不是什麼外星生物企圖和他通信息。

我也知道他不會跟出來，他會以為他的「故事」可以吸引我回頭去找他。

我和白素向外走去，下了石階，大雨向我們撒下，不到半分鐘，我們已經全身都濕了，我覺得有人跟了出來。我並不回頭，反正身上已經濕了，淋雨變成十分有趣，我拉着白素向前奔着，故意揀積水深的地方用力踏下去，踏得水花四濺，然後哈哈大笑。

白素也興致盎然，跟着我向前奔着。

我們奔出了一段路，白素在我耳際道：「有人跟着我們。」

我想那是陳長青，所以我立時道：「陳長青，讓他淋淋雨也好。」

白素簡單地道：「不是陳長青。」我怔了一怔，停了下來，這時，我們恰好在路燈之旁，白素的身濕透了，頭髮貼在臉上，滿臉都是雨珠，雨水還不斷打在她的臉上，看起來美麗得像是迷幻的夢境，我忍不住親了她一下，白素有點害羞，向我身後，略呶了呶嘴。

我轉頭看去，看到在我的身後，站着一個人。

他不是陳長青，身當然也濕透了，頭髮貼在額上，直向下淌水，令他連睜眼也有困難，樣子狼狽之極，我要仔細看，才可以認出，他就是剛才我向外擠出來時，呼喝過我的那個中年人。

我不知道他為什麼跟着我，只是一看到他現在的狼狽相，我忍不住哈哈大笑。一面笑，一面我昂起頭，讓雨水打進我張大的口中，那使人有一種清涼的感覺。

我還在不斷笑着，白素推了推我：「這位先生好像有話要對我們說。」

那中年人一面抹着臉上的雨水，一面望着我，欲語又止。

我不再笑，大聲道：「你想說什麼？剛才你已經告訴過我外面在下大雨，謝謝你提醒我。」

那人的樣子更狼狽，白素忙道：「我們的車子就在前面，到前面去再說吧。」

那人還沒有說什麼，一輛黑色的大房車，已疾馳而至，就在我們身邊停下，一個穿制服的司機，神色駭然地從車中連跳帶躍地下車來，向着那中年人，叫道：「二老爺，你你，二老爺，你……」

這個司機多半從來也未曾見過那中年人淋雨，所以除了「二老爺，你」之外，他完全不知道說什麼才好，他被他的「二老爺」嚇壞了。

這時，那位「二老爺」才算是開了口，是對我說的：「衛斯理先生？」

我點了點頭——由於雨實在大，所以我點頭，竟有一蓬水點自我頭上灑了開來。

那中年人又道：「可以請兩位上車？」

我搖頭——又是一蓬水點四下散了開來：「我看沒有什麼必要。」

那中年人有點發急，一面伸手抹去臉上的水，一面道：「請……你答應，我有事……事實上，有一個人要見你，他……快死了，要見你是他的心願，我希望……對不起，我不是很習慣求人。」

我本來有點心動，因為有一個快死的人想見我，不論目的是什麼，我總應該去讓他見一下。可是那中年人最後的一句話，卻又令我大大反感。

我立時道：「那麼，從現在起，你該好好習慣一下。」

那中年人給我的話弄得不知如何才好，我已經轉個身，準備離去，可是那中年人卻立時來到了我的身前，我向他望去，看到他滿臉雨水，簡直就像是在痛哭流涕。而白素又輕輕拉我的衣袖，我知道白素的意思，是要我答應他的要求。

那中年人嘆了一口氣：「衛先生，請你先上車再說！」

他說着，走過去，打開車門，而且一直握着車門的把手。

那個穿制服的司機又嚇壞了，大聲叫着：「二老爺，你，二老爺，你！」

這個司機，彷佛除了「二老爺，你，」之外，就不會講旁的話。

白素說了一聲「謝謝」，先進了車，在我上車後，他才進了車廂。

大房車三排座位，他上了車之後，坐在正式座位對面的那排小座位上，面對着我們。

三個人的身全濕透了，車子的座位上，套着白色的椅套，一般來說，只有老式和保守的人，才會這樣子做。椅套因為我們一坐下，也變得濕了。

那司機連忙進了駕駛座：「二老爺……」

那中年人道：「回家去。」

司機答應了一聲，車子發動，向前駛去，車頭的燈光照射之處，雨還是大得驚人。

那中年人坐在我的對面，我直到這時，才仔細打量他一下，發現他接近六十歲，淋過雨之後，更顯得他臉上皺紋相當多。

他在身上摸着，在濕透了的上衣中，摸出了一個小皮包，小皮包往下滴着水，他苦笑了一下，在皮包中取出了一張名片給我：「我的名字是孔振源。」

說出自己的名字，帶着一種自然而然的自負。孔振源，這個名字我倒聽說過。他不算十分活躍，但是卻有相當高的社會地位，屬於世家子弟從商，經營方法比較保守，殷實而可靠，決不參加任何投機冒險的事業，維持着自己的作風。

像我們這樣全身透濕，坐在車子中，車子的設備再豪華，也不會是一件舒服的事，所以我想速戰速決，快把問題解決掉算了。

孔振源一面不斷抹着臉上的水：「是家兄。」

我「哦」地一聲：「為什麼呢？」

孔振源的神情，變得十分躊躇，像是他哥哥為了什麼要見我，難以啟齒。

我向白素望了一眼，白素應該知道我望她是什麼意思，我是在對她說：「你看，你上了他的車子，他講話就開始吞吞吐吐了。」

白素望了我一眼，我也知道她的意思，是在安慰我：「既然已上了車，就算了吧。」

孔振源咳嗽了幾聲：「衛先生，家兄年紀比我大……」

我聽到他這樣說，忍無可忍：「這不是廢話嗎？要是他年紀比你小，他是你弟弟了。」

孔振源給我搶白着，才被大雨淋過的臉，紅了起來：「不，不，我的意思是，家兄的年紀比我大很多，他大我三十八歲，我們是同父異母的兄弟，先父六十六歲那年才生我。」

兩兄弟之間，相差三十八歲，這並不常見，但也沒有什麼特別，而孔振源的父親是在哪一年生他的，想來想去，和我一點關係都沒有，所以我立時露出了不耐煩的神情。

孔振源道：「家兄今年九十三歲。」

我揮了一下手：「告訴我，他為什麼要見我，直接一點。」

我在這樣說的時候，心中在想：「難怪司機叫他『二老爺』，大老爺，一定就是他那位九十三歲的『家兄』。」

孔振源又再度露出吞吐和尷尬的神情，我有點兇狠地瞪着他，他的樣子更惶恐，漲紅了臉，才掙扎出了一句話來：「他……是個星相家。」

我還未曾有任何反應，他又補充道：「他自以為是個星相家。」

我道：「那又怎樣？」

孔振源苦笑了一下，看情形，像是下定了決心，把要講的話講出來，他吸了一口氣：「星相家……他講的話，很多人……我意思是說普通人不容易聽得懂，而且他的年紀又大，健康情況極差，所以，他說話顛來倒去，很……」

我總算明白了他的意思：「他說話不是很有條理？」

孔振源用力點着頭，我道：「閣下說話也未必見得有條理，他為什麼要見我？」

孔振源自然很少給人加以這樣的評語，所以他露出了懊怒的神情，悶哼了一聲：「我不知道，但是他吵着要見你，至少已經有好幾年了，我一直不理睬他，因為他看來實在很不正常，要不是他……健康情況愈來愈差，今晚又恰好蹤到了你……」

我「哦」地一聲：「他快死了？」

孔振源搖着頭：「醫生說就是這幾天的事，根本他幾乎大部分的時間昏迷不醒。」

我皺着眉，和白素互望了一眼，白素也苦笑了一下。一個垂死的星相家，有什麼事呢？真是難以想像。

我並沒有多想，因為很快就可以見到這位垂死的星相家，他自然會告訴我為什麼要見我。

車子繼續向前駛，雨小了一點，路上的積水在車頭燈的照射下，反映出耀目的光彩。車子轉了一個彎，開始駛上山坡，可以看見一幢大屋子在山坡上。

那是真正的大屋子，完全是舊式的，在黑暗中看來，影影綽綽，不知有多大，那些飛簷看來像是一頭一頭怪鳥。

我由衷地道：「好大的屋子。」

孔振源的語氣中帶着自豪：「先父完全仿照明代的一個宰相徐光啟的府邸建造的。」

我笑了一下：「要是家中人少的話，住在這樣的巨宅之中，膽子得大才行。」

孔振源顯然有同感，點了點頭，車子已經來到了門口，兩扇大門，襯着門旁的大石獅子，看來極其壯觀。司機按了按喇叭，大門緩緩打開，車子直駛進去。是一個極大的花園，黑暗之中，也看不清有多少亭台樓閣。

車子直駛到主要建築物的前面停下，雨已停了，兩個穿制服的男僕，走下石階，打開車門。當濕淋淋的孔振源跨出車子時，那兩個男僕的眼睛睜得比鴿蛋還大。

我和白素也跨出了車子，和孔振源一起走進大廳，這時又有幾個僕人走出來，垂手侍立，神情都很古怪。因為我們三個濕透了的人，還在淌水。一個管家模樣的人，急匆匆地走了過來，叫道：「二老爺……」

孔振源揮了揮手：「去看看大老爺是不是醒着，帶這兩位去換一些乾衣服，快！」

管家連聲答應着，我雖然急於看一看那個九三十歲的垂死星相家，但是身濕透了，總不是很舒服的事，所以由得那管家帶着我和白素，進了一間房間。

房間的佈置半中不西，是四五十年前豪闊人家常常見的那種，如今只能在長篇電視劇中才看得到。

我們脫下外衣，管家捧了兩疊衣服進來，放下之後，又恭恭敬敬退了出去。

我拿起衣服一看，不禁哈哈大笑，那樣的內衣褲，真只能在博物館中才找得到。送來給我的外衣，是一件質地柔軟的長衫，還有十分舒適的軟鞋。

等到白素穿好了衣服時，我望着她，她看來像是回到了二十年代，一件繡工極精美的長衫，月白色底，紫色滾邊，不知道以前是屬於這大宅中哪一位女眷的。

我們打開門，孔振源已等在門口，他也換上了長衫，抱歉地道：「對不起，家兄未曾結過婚，我妻子早過世了，這是舊衣服。」

白素微笑道：「不要緊，這麼精美的衣服，現在不容易見到。」

孔振源吸了一口氣，帶着我們向前走去，走廊很長，建築的天花板既高，燈光又不明亮，就像是在一個博物館中。

走廊盡頭的轉彎處，是梯級相當大的樓梯，我們本來已經在二樓，又走上了兩層，才看到管家迎了上來：「大老爺一聽到衛先生來了，精神好得很，才喝了一盅蔘湯。」

孔振源點頭，我注意到，這是大樓的最高一層，這一層的結構，和下面幾層不同，並沒有長走廊，有兩扇相當大的門，門上畫的是一幅巨大的太極圖，看起來古怪之極。

在門外，另外還有幾個人在，有的穿着長衫，有的穿着西裝，還有幾個護士模樣的人。孔振源走過去，他們都迎了上來。

一個看來神情相當嚴肅的老者先開口：「情況不是很好，那是迴光反照。」

那位老先生看來是一位中醫，孔振源點了點頭，望向另外幾個人，那些人大概是西醫，其中一個道：「可能是，但是他一聽到衛先生會來，那種特異的表現，醫案中很少見。」

我聽到他們這樣說，心中更是奇怪，看樣子他們還要討論下去，我提高聲音：「別討論了，我就是他要見的人，讓我去見他。」

那個第一個開口的老者，用懷疑的眼光望着我：「閣下也是習醫的？」

我懶得回答他，只是向孔振源作了一個手勢，孔振源推開門，我們三個人，一起走了進去。才一進去，我就呆住了。

我從來也未曾見過那麼大的一間房間。看來，整個頂層，就是這一間房間，那房間中，全是一排一排的書架，那些書架不是很高，卻放滿了線裝書，在眾多的書架之中，有一張很大的牀，一個人躺在那張牀上。

那人一點也不是我想像中的垂死的老人，相反的，他身形十分高大，躺在那裏，給人「巨大」的感覺，他仰天躺着，一頭又短又硬的白髮，很瘦，他是那種大骨架的人，所以在十分瘦削的情形下，使他看來十分可怖。

他的雙眼睜得極大，望向上面，我循他的視線，向這間房的天花板望去，又吃了一驚。

在那張牀的上面，天花板是一幅巨大的玻璃，足有五公尺見方。這時雨勢開始大起來，雨點灑在玻璃上，形成一種看來十分奇特的圖案。

我知道這個躺在牀上的老人，就是孔振源的哥哥，那個星相家，他這樣佈置臥室，自然是為了方便觀察星象。

孔振源帶着我和白素，向牀邊走去，牀上的老人緩緩轉過頭，向我望來。他的雙眼看來還相當有神。由於他瘦，骨架又大，所以整個頭部如一具骷髏，但偏偏又有一雙相當有神的眼睛，所以更是怪異。

孔振源沉聲道：「大哥，衛斯理先生來了。」

老人的眼睛轉動了一下，停在我的身上一會，我也來到了牀邊，老人發出沙啞的「啊」的一聲：「你父親沒有來？」

我呆了一呆，不知道他這樣説是什麼意思，孔振源道：「大哥，他就是衛斯理先生。」

老人又「啊」地一聲，聲音聽來更沙啞：「是個小娃子？」

我搖頭道：「孔先生，那是因為你年紀太大了。」

牀上的老人震動了一下，開始吃力地掙扎，孔振源連忙過去扶起他，把枕頭墊在他的背後和頭部。老人抬頭透過天花板上的玻璃去看天空，這時，除了雨水之外，什麼都看不到。

我耐心地等着，雖然不說什麼，心中卻在暗自焦急，因為看起來，這老人的生命不會有太久，他要是再不說，可能每一分鐘都會死去。

沉默足足維持了五分鐘，老人連續咳嗽了好一會，才緩緩地道：「衛斯理，你仔細聽我所說的話……我沒有……時間再講第二遍了！你聽着，一定要找到他們。」

第二部

垂死星相家講的莫名其妙的話

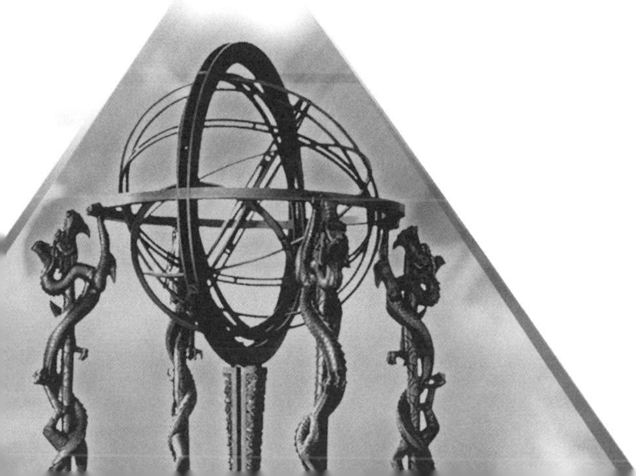

我呆了一呆，老人講得很慢，有着濃重的四川口音，我全然可以聽得懂他的話。但是我卻全然不明白他的意思。

我還未曾來得及發問，老人突然激動起來，身子發着抖，抬起手來，像是想指向什麼，但顯然他已太老了，無法控制自己的肢體，所以實際上並沒有指向什麼，他幾乎是在嚷叫：「阻止他們！阻止……他們……」

孔振源連忙上去，握住了他的手，叫道：「大哥。」

老人嚷叫的聲音聽來十分嘶啞，簡直有點可怕，而且他一面叫着，一面手還在發抖、揮舞，身子也激動得在亂晃，我彷彿可以聽到他的骨頭在發出格格聲！

孔振源叫了幾下，那老人略為鎮定，我連忙趁機問：「對不起，請你說得具體一點，他們是誰？我上哪兒去找他們？阻止他們幹什麼？」

我意識到那老人的生命，隨時會消失，所以一連發問了三個問題，想在最短的時間內，把問題弄清楚。

老人盯着我，他眼中那種難以形容的光彩，令他的眼珠看起來像是閃爍不定的寶石。被這種眼睛盯着，有蜈蚣在背脊上緩緩爬行的感覺，極不舒服。

他盯了我一會，突然轉過頭去，望向孔振源。

孔振源忙道：「大哥，有什麼吩咐。」

看來，孔振源對這個比他大了三十多歲的大哥，十分尊敬，而且也十分愛護。

老人的喉際，發出了一陣痰涎滾動的聲音，發抖的手指着孔振源，罵道：「你……這小槌子，你騙我，隨便了一個小娃子來，告訴我……他是衛斯理，你……真不是東西！」

孔振源捱了罵，臉漲得通紅，向我望來，那神情活脱認為我是冒牌貨，所以累得他捱罵。

我又好氣又好笑，立即告訴自己：把一切經過當成是鬧劇算了，應該離開了。

我並不生氣，反倒笑了起來：「對，我不是衛斯理，我是冒充的。」

孔振源大吃一驚，失聲道：「你——」

那老人立時道：「當然是冒充的，如果他是真的衛斯理，他不會向我問那些蠢問題，我一說了，他就會明白。」他説着，還伸手在孔振源的頭上，輕輕拍了兩下，再道：「你上當了……快去……找真的衛斯理……我時間可不多了。」

他說着，身子左右挪動，孔振源一定習慣服侍他，立時又扶着他躺下。老人躺下之後，神情相當奇特。通常，人躺下之後，眼睛總是閉着的，可是他躺下之後，雙眼卻睜得極大，一直瞪着。

孔振源顯得有點手足無措，不知怎麼辦才好。我本來已經不打算多逗留，可是老人剛才那幾句話，卻使我極不服氣。

我知道自己是真的衛斯理，可是那老頭子說什麼？他說如果我是衛斯理，我就不會問他那些「蠢問題」。我的問題怎麼蠢了？他老糊塗了，說的話不清不楚，誰聽得懂？

可是我剛才已賭氣說了我不是真的衛斯理，現在一時之間又改不了口，看來，還是非走不可。就在這時，白素笑了一下，用道地的四川鄉音道：「老爺子，他喜歡開玩笑，他真是衛斯理，如果你有什麼事要他做，儘管吩咐。」

或許是白素的聲音比較動聽，也或許是她的態度比較誠懇。總之，不知道為什麼，願意聽白素的話的人，比願意聽我的話的人來得多，真正豈有此理。

那老人也不例外，白素一說，他那雙雖然睜大着，但是眼珠卻凝止不動的眼睛，先向白素望了一眼，立時接受了白素的解釋，又向我望來，發出了一下表示不滿的聲音，我勉強向他笑了一下，他又掙扎着要坐起來，孔振源連忙又把枕頭塞在他的背上。

他精神看來比剛才好得多，但是在開口之前，還是向我再度上下打量一番，我不去理會他，自顧自曳過一張椅子來，面對着椅背坐下——這樣坐法，不信可以作一個試驗，六七十歲的人，十個有八個看了要皺眉，何況那老人已經九十三歲了。

果然，我才一坐下，那老人的神情就十分怪異，但是他卻沒有用言語表示不滿，他只是悶哼了一聲：「你知不知道，他們早就在搗亂，本來情形還好，可是現在愈來愈不像話了。」

孔振源告訴過我，他的哥哥講話顛來倒去，這時，他說得認真，我還是聽不懂。

我向白素望了一眼，白素也是一片疑惑之色，我向孔振源望去，他在苦笑。

我不再發問，問了，要給他說是假冒的，我假裝明白，點了點頭，附和着：「是啊，太不像話了。」

想不到這倒合了老人的胃口，他長嘆了一聲：「是啊，生靈塗炭！庶民何辜，要受這樣的荼毒！」

我想笑，但是有點不忍。

可是那老人像是遇到了知己：「有一個老朋友在去世之前，我和他談過，他說該找你談一談，唉，振源也是，有名有姓，可是他一找就找了好幾年，才見到你。」

孔振源有點委屈：「大哥！」

我笑着：「介紹人是誰？」

老人道：「江星月老師。」

我怔了一怔，剎那之間，肅然起敬。江星月是一個奇人，我和他之間的交往不十分多。江老師對中國古典文學有極深的造詣，醫卜星相，無所不精，尤其對中國的玄學，有着過人的見解。

江老師是一個非凡的人物，他是這老人的朋友，我可以相信一點：那老人的胡言亂語中，一定包含着什麼，值得仔細地聽一聽。

我坐直了身子，感到還是不妥，又把椅子轉了一個向，規規矩矩坐好，才道：「是，江老師是我十分尊敬的一個人。」

老人感到高興地笑了起來，用手撫摸着下頷：「江星月比我年紀輕，他學會看星象，是我教他的。」

我唯唯以應，心想老人多半在吹牛，反正江老師已經過世，死無對證，隨便他怎麼說好了。

老人繼續在緬懷往事：「他學會看星象的那年是十三歲，比我足足遲了十年——」

我咽下了一口口水，本來是想任由他講下去，不去打斷他的話頭的，但是實在忍不住，還是插了一句口：「那樣說來，你三歲就開始觀察星象？」

老人當仁不讓地「嗯」了一聲：「我三歲那年，就已經懂得星象了。」

我咕噥了一句：「比莫扎特會作曲還早了一年。」這一句話，惹得白素在我的背後，重重戳了一下，我轉過頭去，向孔振源作了一個鬼臉，孔振源的神情，尷尬之極。

老人又發出了一下喟嘆聲：「九十年來，我看盡了星象的變化，唉，本來，我們沒有什麼辦法，只好眼睜睜地看着各路星宿，以萬物為芻狗，可時現在愈來愈不像話了，總得去阻止他們。」

我用心聽着，一個研究星象九十年的人，世界上不可能再有一個人對星象的研究在他之上，所以我必須用心聽他的話。

可是他的話，不論我怎麼用心，都沒有辦法聽得懂。我只好採用老辦法：「是啊，阻止……可是，怎麼……阻止呢？」

在我這樣說的時候，我心中暗罵了好幾聲見鬼。

老人卻鄭重其事，又嘆了一聲。要說明的是，他在和我說話的時候，雙眼一直瞪得老大，望着天花板上的大玻璃，可是天正在下雨，雨水打在玻璃上，四下散了開來，形成了奇形怪狀的圖案，根本看不到星空。

老人一面嘆着氣，又道：「至少，得有人告訴他們，換一個地方……換一個地方去……隨便到什麼地方去，不要再在這可憐的地方……戲耍了……他們在戲耍，我們受了幾千年苦，真該……」

他斷斷續續講到這裏，突然劇烈地嗆咳了起來。我忙向孔振源打了一個眼色，孔振源倒十分識趣，連忙道：「大哥，你累了，還是改天再說吧。」

我真怕那老人固執起來，還要絮絮不休地說下去，那真不知如何了結。想不到老人倒一口答應：「是，今晚來得不是時候，明天……不，後天……嗯……後天亥子之交，衛先生，請你再來。」

我笑了一下，不置可否，「亥子之交」是午夜時分，我心想，我才不會那樣有空，半夜三更，來聽你這個老頭子胡言亂語。

孔振源看出我不肯答應，就挪動了一下身子，遮在我的前面，不讓他的哥哥看到我的反應：「大哥，你該睡了。」

老人點了點頭，孔振源又扶着他躺了下來，老人仍然把眼睜得很大。

我一時好奇，道：「老先生，你睡覺的時候，從來不閉上眼睛？」

老人看來已快睡着了，用睡意朦朧的聲音答道：「是，九十年了。」

我「嗯」地一聲，老人又道：「睜着眼，才能看。」

我問：「你睡着了，怎麼看？」

老人先是咕噥了一聲，看來他十分疲倦，但是他還是回答了我的問題：「睡着了，可以用心靈來看，比醒着看得更清楚。」

在這樣一個老人的口中，竟然有這樣「新文藝腔」的話講出來，倒真令人感到意外，我道：「謝謝你指點。」

老人沒有再出聲，只是直挺挺地躺着，睜大着眼，看起來，樣子怪異之極。

孔振源向我作了一個手勢，我們一起退了出去，才出了那間房，孔振源就向我打躬作揖：「對不起，真對不起，我說過，他講的話，普通人聽不懂。」

我苦笑：「不是普通人，是根本沒有人會聽得懂。」

白素突然向我望了一眼，她不必開口，我就知道她的意思，是對我這句話不以為然。

外面那些醫生，看到孔振源出來，都紛紛圍了上來，孔振源不理他們，一直陪我到客廳，我們被雨淋濕的衣服，已經熨乾，我們換好衣服，一打開門，看到他還站在門口。

這倒令我感到有點不好意思，我道：「孔先生，你太客氣了，我喜歡認識各種各樣的人，能見到令兄，我也很高興。」

孔振源嘆了一聲：「我想……請衛先生後天……」

他支支吾吾着講不下去，我拍着他的肩：「到時，我沒有什麼特別事情的話，我一定來。」

孔振源又嘆了一聲，才道：「謝謝。」然後他大聲吩咐司機，把我們送回歌劇院附近我們的車子處，我駕着車，駛回家。

第三部

白素對莫名其妙的話的解釋

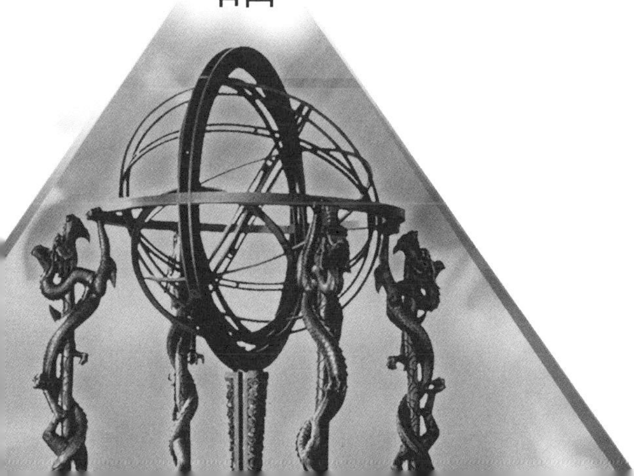

在回家途中，我道：「剛才你瞪了我一眼，是什麼意思，是說世上有人懂得那老人的説話？」

白素搖了搖頭：「我的意思是，我們應該好好想一下，設法去理解他的説話。」

我有點冒火：「他可以説得清楚一點，不要讓人家去猜謎。」

白素沉默了片刻，才道：「老人的説話，其實也不是很難懂。」

我「嗯」地一聲：「請解釋一下，我不懂。」

白素道：「他的説話，一再運用了『他們』這個代名詞，我想，那可能是一種神秘的力量，他自三歲起就研究星象，所以，可以容許作這樣的一個聯想：這種神秘力量，和星象、星空有關。」

我靜靜地聽着。

白素又道：「仔細回想一下他所説的話，你就可以得到一個印象：這種神秘的來自星空的力量，影響地球上普通人的命運已經很久了，而他認為，這情形愈來愈過分，所以，一定要阻止這種影響繼續發生下去。」

我還是保持着沉默，並不是說，我對白素的話不同意，白素的解釋，有條理至極，能把雜亂無章的一番話，弄得可以說得通。

我只是不認為那老人知道什麼怪力量在影響人類。

白素再道：「他把阻止這種神秘力量影響的希望，寄託在你的身上，而他知道你，由江老師介紹。」

我睜大眼：「你是說，他叫我飛上天去，去和那些星星打交道？」

白素皺了皺眉，我知道她不是很贊成我的這種態度，所以我又笑了一下：「那個老人，生命快結束了，人在臨死之前，會胡言亂語！」白素仍然蹙着眉，過了一會，才道：「或許是我的解釋太不清楚，事實上我也沒有一個明確的概念，所以說不明白。」

我道：「你說得很明白：來自星空的一種神秘力量，在影響着地球人。」

白素先是「嗯」地一聲，接着又沉默了相當時間，才道：「在你想來，我的解釋如果成立的話，那應是一種什麼樣的神秘力量？什麼樣的影響？」

我聽得她這樣問，不禁呆了一呆。白素的神情顯得十分認真，我自然也必須認真作答，所以，我也想了一想。在我思索不語之際，白素點燃了一支煙，遞了給我，我一直抽着煙，因為這並不是一個容易回答的問題，在我思索的時候，我仔細把那老人所說的雜亂無章的話，想了一遍。

然後，我才道：「如果肯定真有這種力量，有可能是在無際的星空之中，在某一個星球上，有着一種科學高度發展的生物，這種生物通過了特殊的方法，在控制地球人的思想和行動。」

白素雙眉蹙得更甚：「你這樣說，只是三流科幻小說中的情節。」

這句話，要是出自別人的口中，縱使我不當場翻臉，也非惱火不可。可是白素這樣講我，我除了不斷地眨着眼，表示抗議之外，只好道：「假設是你自己提出來的：有神秘力量來自星空，影響地球。」

白素像是在自言自語，不像是在回答我的話：「是啊，可是神秘力量，為什麼一定來自其他星球上有高度智慧的生物？」

白素的疑問，不可理解。如果星空中有力量可以影響地球人，智慧必然在地球人之上，這是邏輯上一個最簡單不過的引證，可是白素卻對之表示懷疑。

我也咕噥了一句：「那來自什麼？總不會是其他星球上的一塊石頭，具有神秘力量！」

白素沒有作聲，側着頭，忽然笑了起來：「你的話，有時會有點道理。」

我不禁呆了一呆，她剛才還否定我的話，怎麼一下子又變成有點道理了？

我想等着聽她進一步的解釋，可是她卻沒有說下去，已經到了家門口，我們走進屋子，白素好像已經完全忘了這件事。

我對那個老人的胡言亂語，本來也沒有多大的興趣，所以她不提，我也不提。

我進了書房，還沒有坐下，電話響起，我順手按向電話座上的一個鈕掣，一個氣急敗壞的聲音傳出來：「謝天謝地，你終於回來了。」

我一聽就聽出那是陳長青的聲音，幾乎隨手就要按去另一個鈕掣，令對話中斷，可是陳長青已慘叫了起來：「別掛上電話！」

我想到上次，我們那麼多人，在他家裏耽了好幾個月，他一點怨言也沒有，似乎應該對他好一點。所以我一面脫下外套，一面道：「好，請長話短說。」

陳長青道：「我來看你，馬上來。」

我道：「現在好像不是訪客、交際的時間吧？」

我這樣說，當然是說，已經很晚了，這種時候，不適宜到人家家裏去，諷刺和拒絕他前來。

可是陳長青在電話中的聲音，卻突然興奮了起來：「衛斯理，原來你也在研究。告訴你，現在最宜訪客。」

我呆了一呆，不知道何以我這樣的一句話，會引得他有這樣的反應。我道：「你在說什麼？」

陳長青有點得意地笑了起來：「現在這個時候，是訪客大吉，對造訪者和被訪者，都是吉利的，但是，對坐在西南方的賭徒卻大凶，非輸個傾家蕩產不可。對於……」

我不等他說完，就大聲吼叫了起來：「你語無倫次，在說些什麼？」

陳長青的聲音充滿了委屈：「我說的是星相學，根據星象來推算吉凶，你剛才不是說，現在好像不是交際訪客的好時間，那可能是你推算有誤，你不妨再仔細算一下，現在的時辰是……」

我啼笑皆非，我拒絕他來，他卻扯到時辰的吉凶方面去。可是他提到了星相學，卻又使我心中一動，因為我才聽過一個老人的胡言亂語，何妨再聽聽陳長青的。

而且，我知道，如果我拒絕他，他一定會冤魂不息，一直纏着我。

我嘆了一聲：「你來吧。」

陳長青來得真快，不到十分鐘，門鈴聲便響起。

我一面去開門，一面大聲道：「是陳長青，誰知道他又胡言亂語什麼。」

白素也大聲應我：「快去開門吧。」

我來到門口，門鈴不斷響着，那種按鈴的方式，實在令人討厭，我打開門，陳長青一步跨進來，我想起他剛才的話，一拳照準他的肚子打去。剛才他說現在是訪友的「好時辰」，我先叫他捱一拳，看看是不是真的「好時辰」。

我和陳長青極為熟稔，對熟朋友，有時行動過分一些，老朋友也不會見怪。

當然，我那一拳不會用太大的力道，大約會使他痛上半分鐘，令他的表情十分怪異，僅此而已。我一打出，陳長青陡然一驚，「拍」的一聲，拳打在他的腹際，他的腹際分明有什麼硬物填着，我一拳就打在那硬物之上。

這時，輪到我發怔，陳長青卻得意非凡地哈哈大笑，一面笑，一面掀開上衣，取出他放在腹際的一本硬皮書。

他笑得極高興：「衛斯理，我早知道你會否定我的話，一見面就讓我吃點苦頭，打人是你的拿手好戲，所以我早有準備。」

我給他笑得十分狼狽，有點惱羞成怒：「我現在還要重重踢你一腳，我不相信你的小腿上也有了保護。」

陳長青呆了一呆，然後一本正經地道：「你不會。」

我揚眉：「敢打賭麼？為什麼我不會？」

陳長青道：「因為我推算過了，現在是訪友的好時辰，不會有不愉快的事發生。」

我真想重重踢他一腳，但是我隨即想到：沒有理由這樣對待朋友，所以我沒有踢他，只是指着他：「我不踢你，是因為我不想踢你，和時辰無關。」

陳長青大搖其頭：「你錯了，你不踢我，是因為在這個時辰之內，不會有人去得罪朋友！」

我十分惱火，想踢他一腳，可是十分怪，我又真的不想踢他。

我的神情十分怪，陳長青高興地笑了起來：「你看，即使是你，也無法和整個宇宙的規律相抗。」

我用力關上了門：「什麼宇宙規律，你胡說八道什麼。」

第四部

陳長青的怪異經歷

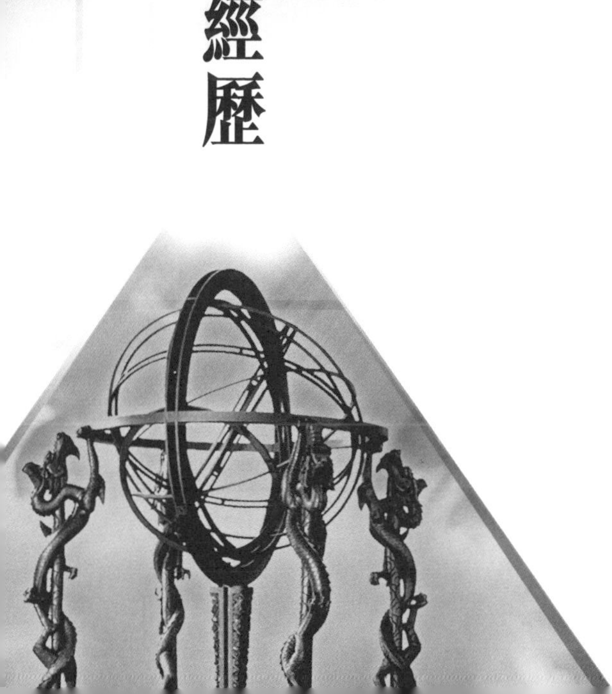

陳長青舉起了手，樣子肅穆：「我的新發現：宇宙之中，有一種規律，這種規律，因為宇宙中億萬星球運行位置不同而產生，可以影響到地球上的一切。」

他講到這裏，戲劇性地頓了一頓，等待我的反駁，可以更引發他的長篇大論，我知道他的心意，故意表示冷淡和不感興趣，連「嗯」也不嗯一聲。

陳長青多少有點失望，只好自顧自再說下去：「最簡單的例子，是月亮的盈虧，可以影響地球上的潮汐，而地球上的一切生物的行為，也受無數星球運行的影響，若是掌握了這種規律……」

他得意洋洋講到這裏，我才陡地插了一句：「那就可以做個算命先生，或者去擺一個測字攤。」陳長青瞪着我，大聲道：「衛斯理，我不知道你對星相學一點研究也沒有。」

我對星相學自然有研究。

事實上，還相當有研究。星相學的範圍十分廣闊，從觀察星象來預測地球上將會發生的大事，到根據星象來測定一個人的命運和揣摩一件事的吉、凶，等等，全是星相學。

這是一門極其深奧的學問，其理論基礎是：地球是宇宙無數星球中的一個，就不能不接受其餘星球的牽引、影響，地球上的生物，更不能擺脫其他星球對之產生的影響作用。

我懂星相學，我只是不以為陳長青也懂星相學。

所以，陳長青這樣說，我「哼」地一聲，嗤之以鼻，懶得和他爭論。

陳長青等了片刻，未見有什麼反應顯得很失望，改口道：「好了，就算你對星相學有研究，你也必然不知道我最新的研究有什麼發現。」

我先讓他上樓梯，請他在書房坐下，然後，十分誠懇地對他道：「長青，我對星相學的興趣不濃，也不想知道你有什麼發現，尤其是今天晚上。因為我才見過一個垂死的老人，他向我說了一連串有關星象的莫名其妙的話……」

我想向陳長青解釋不想聽他多講的原因。

可是，陳長青聽到這裏，陡然跳了起來，露出驚訝之極的神情來：「這……這個老人的名字是孔振泉？」

孔振源的那個哥哥究竟叫什麼名字，我始終不知道，這時陳長青叫了出來，我還是第一次聽到這個名字，我點了點頭：「我看是，他的弟弟叫孔振源。」

陳長青哼了一聲：「孔振源不是什麼好東西，愛擺老爺架子。」

我笑道：「你又不是他家的僕人，老爺架子再大，也擺不到你的頭上來。」

我順口這樣說着，可是陳長青的神情，卻怪到了極點，他看來十分忸怩和不好意思，但是又有一種掩不住的得意。

我不知道他何以對這句話會有這樣的反應，只好瞪着他，陳長青支支吾吾了半晌，才説道：「我做過孔家的僕人，專門伺候大老爺。」

我又是驚駭，又是好笑，指着陳長青，一時之間不知怎麼説才好。陳長青的家世十分好，承受了巨額的遺產，隨便他怎麼胡花都用不完，他怎麼會跑到孔家當僕人去了？

陳長青也不是什麼風流人物，不見得是看上了孔家的什麼女孩子，像風流才子唐伯虎那樣，冒充書僮，為了追求異性。

這真是怪事一樁，令我不知如何開口才好。

陳長青又笑了一下：「真的，前後一年。」

我連忙道：「從頭說來聽聽，不過別太囉嗦。」

這時候，白素走近門口，和陳長青打招呼，我連忙叫住了她：「長青他在孔振源家裏當了一年僕人，來聽聽他是為什麼，恐怕是為了追求孔家的女廚子。」

陳長青道：「少胡說，你們知道，我對星相學一向很有興趣，很多人告訴我，真正對星相學有資格的，只有一個人：孔振泉。」

白素走進來，坐在我的身邊。陳長青又露出那種忸怩的神情，我道：「你不必怕難為情，你做過的怪事夠多了，不在乎那一樁。」

陳長青瞪了我一眼：「於是我就設法去向孔振泉請教，曾拜託了不少人，可是孔振泉根本不見人，我走投無路，看見報上有一則招請僕人的啟事，指定應聘者要懂古代星相學，有一定的學識，主要的工作，是服侍一個相當難服侍的老人。我一打聽，就是孔家在請僕人，於是，我立刻去應徵。」

我笑了一下：「以閣下的犖犖大才，自然是一說即合了。」

陳長青聽出我話中有諷刺的意味，有點惱怒，但是不知道如何回答才好。

白素在一旁道：「陳先生你這種為了追求學問，鍥而不捨的精神，真令人敬佩。」

陳長青急忙連聲道：「謝謝，謝謝。」

他一面向白素道謝，一面狠狠瞪了我一眼，我只裝作看不見。

陳長青又道：「我一去應徵，立即獲錄取，於是，我就成了孔家專門伺候大老爺的僕人，工作很清閒，因為孔大老爺幾乎大多數時間，不是看書，就是躺在牀上，觀察星象。他關於天文星象方面的藏書極多，世上不會有任何地方，再有那麼多這類書籍。」

我到過孔振泉的那間大房間，雖然陳長青的話我大都不同意，但是，他這種形容孔振泉的藏書，我倒大有同感，所以點頭表示同意。

陳長青高興了起來：「他並不禁止我翻閱他的藏書，每當我有疑問，看不懂的時候，他甚至還替我解答，我和這個老人，相處得算是融洽，只有一次，他大發雷霆，幾乎將我開除。」

我揚了揚眉：「那一定是你做了什麼不應該做的事！」

陳長青露出十分委屈的神情：「其實不關我的事，在他那張牀的牀頭，有一個黑漆描金的小櫃子，緊貼着他的牀放着的……」

他說到這裏，向我望來，我有點慚愧，因為我沒有注意在牀頭是不是有這樣的一個櫃子。可是白素卻立時道：「是的，有這樣一個櫃子，金漆描的是北斗七星圖，而且還用一種十分古老的中國鎖鎖着，這種古老的鎖十分罕見，叫九子連環鎖，要開啟這種鎖十分困難。」

白素說一句，陳長青就忙不迭地應一聲「是」，等到白素說完，他已應了十七八聲「是」，奉承得有點肉麻——多半是陳長青做了一年僕人養成的習慣。他示威似地望向我，令人十分生氣。我立時冷笑道：「誰不知道九子連環鎖，一定要把鎖上的九個連環扣解開來，才能開鎖，手續十分繁複，只有笨人才會對那種東西有興趣。」

我聽陳長青提到了這個櫃子，又提到孔振泉大發雷霆，就猜到他一定是未經允許，自己去開那九子連環鎖所闖的禍，所以才故意那麼說，因為我知道，以陳長青的好奇、好動的性格，他若是天天對着這樣一把鎖，一定會想去把它解開來。

果然，我一猜就中，陳長青漲紅了臉半晌講不出話。過了好一會，他才道：「我喜歡難題，要解開這樣的鎖上的活扣，有時還必須運用中國古代的計算方法，所以一有空，我就趁大老爺不覺察，去解那個鎖。」

我抓住了他話中的語病：「為什麼要趁他不覺察的時候才進行呢？」

陳長青神情極尷尬：「我……第一次擺弄那個鎖的時候，就被他……嚴厲斥責過，叫我再也不要去碰它。」

我搖着頭，長嘆了一聲，沒有說什麼。事情再明白也沒有，愈是叫陳長青別去碰，他愈是要去碰，孔振泉的警告，顯然一點用也沒有。

陳長青道：「我花了一個月的時間把鎖解開了，打開了那個櫃門，櫃子內是一個較小的櫃子，而小櫃子上有兩把九子連環鎖，正當我懊喪莫名的時候，明明是睡着了的那老傢伙，卻大喝一聲抓住我的頭髮……」

我聽到這裏忍不住哈哈大笑：想想陳長青那時的狼狽情形，實在是沒有法子不笑。連白素也忍不住笑了起來。

陳長青自己也不禁苦笑，悻然道：「這糟老頭子也不知哪裏來的氣力，扯着我的頭髮向外拉，一面還殺豬一樣地叫着。他這樣一鬧，自然很多人都來了，孔振源也來了，擺起老爺架子罵我，我心想這裏也耽不下去了，態度反倒強硬。誰知我一強硬，老頭子反倒客氣了起來，趕走了所有人，先是望着我，半晌才說了一句：櫃子裏的東西動不得，你以後最好別再去動它。」

我「嗯」了一聲：「你肯不動？」

陳長青理直氣壯：「當然不肯，可是那小櫃子上的兩套連環鎖，實在太難解，費盡了心機，一點進展也沒有，不到幾個月，孔老頭子的病愈來愈重，幾乎連說話的氣力也沒有，孔振源換了一批醫生護士來服侍他，就把我解雇。」

我「唔」地一聲：「雇主解雇你，你可以要求多發一個月工資。」

陳長青掄起了拳頭向我一拳打來，我一伸手，托住了他的手腕，叫道：「喂，是你自己說的，這是宜於訪友的時辰。」

陳長青叫道：「宜於訪友的時辰過了，現在，最宜打架。」

白素笑了起來道：「別像小孩子那樣，你和孔老先生在一起一年，在星相學方面，一定得益良多？」

陳長青縮回手去，神情變得很嚴肅：「是的，首先，我肯定了一個原則。」

看他說得那麼認真，我倒不好意思和他搗蛋，只是作了一個手勢，鼓勵他說下去。

陳長青像是一個演說家一樣，先清了清喉嚨，直了直脖子，才道：「我可以確定，中國傳統上，一切推算的方法，全源自天象的變幻，子平神數也好，紫微斗數也好，梅花神數也好……沒有一種，不是根據星象的運行、聚合來推算的。」

我道：「這算是什麼新發現？」

陳長青道：「連中國最早的一本占算的經典作《易經》，也全和天上的星象有關。」

我以前聽過有人對《易經》持這種說法，但我在這方面的所知不是太多，所以只是應了一聲。

陳長青道：「你不信，《易經》流傳幾千年，各家有各家的解釋，總是抓不到癢處，唯有依照星象來解釋，才能圓滿，例如，什麼叫『群龍無首，吉』

呢？這裏的『龍』，是什麼意思？」

我態度嚴肅：「我想，『龍』，是代表了某一個星座。」

陳長青用力在我的肩頭上拍了一下：「對！把一些星，用想像中的虛線連結起來，看來像是一條龍，當這些星體的運行，龍首部分觀察不到，就是大吉的吉日，一切占算推算的方法，全從星體運行而來。」

我舉起手來：「我完全同意你的説法，但是卻不認為那是什麼新發現。」

陳長青不斷眨着眼，像是想反駁，過了片刻，他才説：「你同意星象的變動，可以影響地球上人類的一切活動？」

我皺了皺眉，這個問題很難回答，有一部分人堅決相信，星象的變異，會影響地球上人或其他生物的活動，從而發展到可以依據星象變異來預測吉、凶。

這種學問，可以籠統地稱之為占星學。正如陳長青剛才所説，所有推算未來吉凶的學問，其實都屬於占星學的範疇。

占星學在古代就已經十分發達，「夜觀天象，見一將星下墜，知蜀中當折一名大將」這樣類似的記載，在中國古代屢見不鮮。

一顆流星劃空而過，就可以斷定地球上某一個人的命運，這是一件十分玄的事，要我下肯定的答覆，當然不容易。

陳長青用挑戰的目光望着我，又道：「怎麼，你不是經常自稱可以接受一切玄奧的事情嗎？」

我攤了攤手：「是，但這種事，至少是要若干事實來支持，不單是一種憑空的想像。」

陳長青的樣子很迷惘，像是根本不在聽我的解釋，過了一會，他才道：「星象可以預示吉凶，只要肯定一點，就可以趨吉避凶。」

我悶哼了一聲：「理論上是這樣，只要你真的推算得正確，便可知道會發生什麼樣的凶事、什麼樣的吉事。」

陳長青苦笑了一下：「唉，其實我對這方面的研究，還不是很深入。不過我相信——這是我和孔振泉相處一年來的心得，孔振泉的推算已達到了萬無一失的境地。」

我不置可否地淡然一笑，陳長青卻十分緊張，而且認真：「你想想，他既然有了這樣的能力，就可以洞察未來，知道災難會在什麼時候來臨，會在什麼地方發生，當一個人掌握了這種力量之後……」

我吸了一口氣：「旁的我不知道，但是可以肯定，能預知未來，極其痛苦。」

陳長青瞪大了眼睛望着我，我伸直了身子：「在過往的經歷之中，我認識了兩個人有預知未來的能力。一個是美麗的少女，她知道自己會在十分惡劣的環境中死去，而且屍體腐爛不堪，所以她就拼命去找屍體不腐爛的方法，而結果和她預知的一樣。」

陳長青喃喃地道：「太……可怕了。」

我攤了攤手：「另一個是一個十分出色的科學家，他有預知能力，知道自己要死在手術檯上，結果也正是如此。他形容一個有預知能力的人，所過的日子，就像是在看一張舊報紙，全然沒有生活的樂趣和希望。」

陳長青緩緩點着頭：「我知道你說的那兩個人是『天書』裏的姬娜和『叢林之神』中的霍景偉。」

我嘆了一聲：「是啊，兩個可憐的、有預知能力的人。」

陳長青用力揮着手，用十分高亢的聲音道：「那是他們自己不對，像姬娜，她明知自己要在惡劣的環境中死去，她為什麼不去避免，防止死亡的發生？而只是消極地去追尋防止屍體腐爛的方法？」

我想了一想：「預知未來發生的事，無法改變。」

陳長青又道：「既然如此，她追尋防腐法不是多餘麼？」

我有點惱怒：「人到了沒有辦法的時候，總會做一點沒有意義的事情。」

陳長青再道：「還有，那位霍景偉先生，他自己要求上手術檯，明知自己會死在手術檯上，還要去作這種要求，這太說不過去。」

我悶哼着：「你想和命運抗衡？」

陳長青陡然站了起來，把他的胸挺得筆直，看來十分有氣概，大聲道：「命運最不可抗衡的一點，是它的不可測，既然事先可以測知，而且知道影響命運的來源，為什麼不能從根本上着手，來改變命運？」

我和白素凝視着陳長青。

他站直身子，用慷慨激昂的調子說話，我心中有一種滑稽感。可是等到他講完之後，我卻默然，心中對他很有欽佩之意。

陳長青這個人有一種極度鍥而不捨的精神。他相信世界上任何事情，只要通過不斷的努力，就一定可以達到目標，雖然事實上，世界上有太多的事情，決不是單靠努力就可以成功。

像他那種性格的人有可愛之處，也有可厭之處，可以肯定的是，當他這樣講的時候，他真的相信自己所講的一切，而且，他會照他訂下的目標去做。

這值得令人欽佩。

白素的心意顯然和我的相近，她緩緩道：「陳先生，你的意思是，可以通過某種方法來改變人的命運，或者使應該發生的大災禍不發生？」

陳長青用力點着頭。

我連忙道：「等一等，請你說得明白點，具體一點，有什麼方法可以改變地球上要發生的事？」

陳長青雙手揮舞着，從他的動作來看，可以看出他的思緒十分混亂，連他自己也未能說出什麼具體的方法。過了好一會，他才道：「我們先來確定一點，占星學也分為兩派，一派是認為，地球上將有什麼大事發生了，才在星象上顯示出來。」

我「嗯」地一聲：「對，另一派是認為，星象上有了顯示，地球上才會發生大事。」

陳長青立時釘了一句：「你認為哪一派的說法是對的？」

我只好苦笑：「我不是星相學家，有什麼資格說哪一派是對，哪一派是錯？」

陳長青十分堅決地說：「一定要認定先有天象，再有世事，這才能改變世事。」

我舉起手來：「對，不然，世事根本無法改變。可是，你要弄清楚一點：在你的前提下，要改變世事，必須改變星象。」

陳長青用力點着頭：「對，譬如說，熒惑大明，主大旱，那麼就使它的光度減弱……」

不等陳長青講完，我已忍不住怪叫起來：「你在胡說八道些什麼？」

陳長青道：「我在舉一個簡單的例子，說明改變星象就能改變世事。」

我道：「是啊，你的例子太簡單了，熒惑，就是火星，你是知道的？」

陳長青翻着眼：「當然知道，這還用你說？」

我道：「好，當火星因為某種完全不知道的原因，而光度忽然增強，就是星象上的『熒惑大明』，有這樣的天象，地球上就會大旱。」

陳長青道：「對，你何必一再重複？」

我吸了一口氣：「你的消災方法就是使火星的光度回復正常。」

陳長青歪了歪嘴，一副不屑的神情：「總算使你明白了。」

我忍住了怒意，也忍住了笑：「好，那麼請問陳先生，你用什麼方法去使火星的光度暗下來？」

陳長青翻着眼：「那我不管，我只是提出一個可行的方法，怎麼去做，那不是我的事。或許，放一枚巨型火箭上火星，在火星上引起一場驚天動地的大爆炸，使火星光度減弱；或許，這樣一來，會使火星光度反而增強，造成更大的災害，那誰知道！我只是說，當火星的光度增強主大旱，因此必須令火星的光度減弱。」

我忍住了揪住他的衣領把他摔出去的衝動：「是啊是啊，有道理，我還有一個方法：製造大量黑眼鏡，叫地球上每個人都戴上，看起來火星的光度減弱，大旱災就可以避免，風調雨順，國泰民安。」

陳長青知道我在諷刺他，漲紅了臉，嚷了起來：「那麼偉大的發現，你竟然當作玩笑！你……你……」

我嘆了一聲：「我們不必再討論下去。」

陳長青十分沮喪：「那麼，至少你該答應我的要求，當你再去見孔振泉的時候，帶我一起去。」

我道：「那老頭子倒是約我再去，可是我根本不準備去。或許，他活不到和我約會的那個時間，看看你有什麼法子可以使他長命些，例如，發射一枚火箭，去托住一顆小流星，不讓它掉下來，說不定孔振泉就可以不死了，再讓你去侍候他一年半載。」

陳長青滿臉通紅地吼叫起來：「衛斯理，你是我見過的混蛋中最混蛋的一個。」

他罵着，向門口衝去，衝到了門口，停了一停，轉過身來，面上更紅，想罵我，卻沒有罵出口，只是轉向白素：「我真同情你。」

然後，他用一種十分重的腳步，奔下樓梯，又把大門重重關上，走了。

白素瞪了我一眼，我道：「你想我怎麼樣？他說的不是廢話嗎？」

白素想了一想：「至少，他在理論上提出了改變世上大事發生的一種方法。」

我道：「是啊，理論上，永遠無法實行的理論，就是廢話。」

白素不想和我爭論，伸了一個懶腰。當晚我看了不少有關星象方面的書才睡，先是孔振泉，後是陳長青，把我弄得有點糊裏糊塗，使我感到對這方面所知，實在不是很多，需要補充一下。

但是看了大半夜的書，卻並沒有多大的進展，中國的這方面着作，大都語意艱澀難解，西洋方面的，又刻意蒙上一層神秘。不過有一點可以肯定的：星體的運行，不單與地球為鄰的太陽系行星，甚至遙遠到不可思議的星座，它們的運行、位置，都對地球上的一切現象有密切關係。作為宇宙中億萬星體的一個，地球不能擺脱宇宙中其他星體對它的影響！

第五部

黑色描金漆的箱子

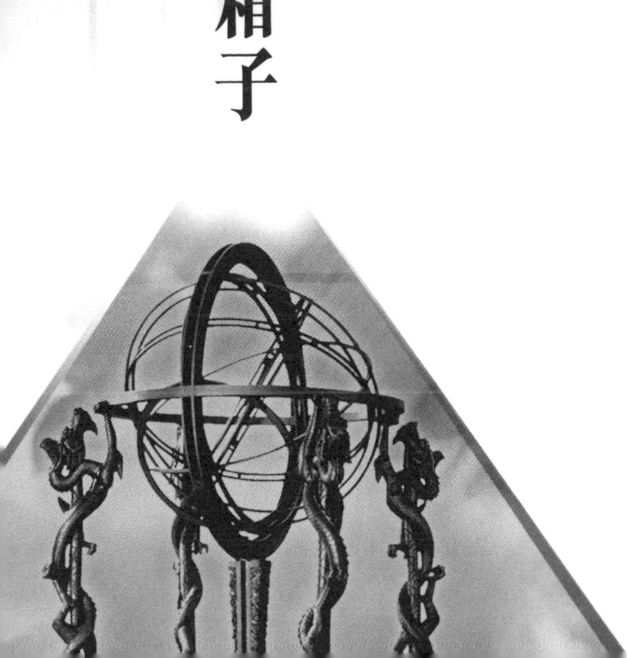

第二天，我有另外的事要做，決定把星相學一事拋諸腦後。忙碌了一天回來，看到書桌上堆了很多新的、有關星相方面的書，而白素正埋首於那些書堆之中，我向白素作了一個鬼臉，自顧自去聽音樂。

第三天，又是個大陰天，下午開始就下大雨，雨勢極大，一直到晚上十一點，還沒有停止的意思。就在那時候，電話來了，我拿起來一聽，是孔振源打來的，結結巴巴地道：「衛先生，家兄叫我提醒你，今晚午夜，他和你有約。」

我望着窗外，雨勢大得驚人，雨水在窗上匯成水花，一片一片的濺着。

我有點嘲弄似地道：「孔老先生是約我今晚來看星象的，不過我想非改期不可了，府上附近，也在下雨吧？」

孔振源立時回答：「雨很快會停，午夜時分，就可以看到明淨的星系。」

我怔了一怔：「你查詢過天文台？」

孔振源笑了一下：「天文台？多年來，我可以確知的是，家兄對於天文的預測，比起天文台準確不知多少，百分之一百準確。」

我不想和他爭論：「好，只要天能放晴，我準時到。」

我放下了電話，聽着雨聲，對白素道：「老頭子在發什麼神經，下了一個下午的雨，會立刻放晴，好讓他夜觀天象？」

白素微笑了一下：「你倒因為果了，是由於天會晴，他才約我們去觀察天象。」

我不表示什麼，打了幾個電話，處理了一些事，已經十一時三十分了，雨還是一樣大。

我打了一個呵欠，可以不必到孔家去了，我想，可是我卻看到白素在作出去的準備，我瞪了她足足五分鐘之久，她平靜地道：「雨停了。」

我突然呆了一呆，是的，雨停了，已聽不到雨聲，我來到陽台的門前，推開門，走到陽台上。不但雨停了，而且，天上的烏雲正在迅速地散去，下弦月被雲層掩遮着，若隱若現，在三分鐘之內，雲層散盡，星月皎潔，雨後，空氣清朗澄澈，看起來星月更是明潔，一切和孔振源在電話中所說的一樣。

我連忙看了看時間，若是動作快，還可以準時赴會，我總算行動很快，駕車疾駛，有點不服氣，問：「你對那老頭子的預測，怎麼會那樣有信心？」

白素道：「一個人若是觀察天象七八十年，連什麼時候放晴，什麼時候該下雨都不知道，那麼，這七八十年，他在幹什麼？預測天氣，老農的本領，有時比天文台還要大。」

我還有點不服氣，可是事實放在眼前，也令我無話可說。白素又道：「在你忙着穿鞋襪的時候，我通知了陳長青。」

我想不出反對的理由，只好不出聲。

車子在孔宅大門前停下，孔振源在門口迎接：「真準時，家兄在等着。」說着，陳長青也來了，孔振源怔了一怔，滿面疑惑，我連忙道：「這位陳先生，是我的好朋友，對星相學有高深的研究，令兄一定會喜歡見他。」

孔振源沒有說什麼，當他轉身向內走去的時候，陳長青過來低聲道：「謝謝你。」

我笑道：「希望等一會老頭子看到你，不至於因為吃驚而昏過去。」

陳長青吐了吐舌頭。

我們走進孔振泉那間寬大得異乎尋常的臥室，我先向牀頭看了一眼。果然，有一個黑漆描金的櫃子。上次我來的時候，沒有注意，那是我的疏忽。

孔老頭子的精神極好，半躺在牀上，抬頭向上，透過天花板上的巨大玻璃屋頂，看着天空。我們進來，他連頭都不回，只是道：「有故人來，真好，長青，好久不見了！」

陳長青露出了欽佩莫名的神情，趨前道：「大老爺，這樣小事，你都觀察出來？」

孔老頭子指着上面：「天市垣貫索近天紀，主有客來，且是不速之熟客，除了你之外，當然不會有別人。」

陳長青循着孔老頭子的手指，抬頭向天，聚精會神地看着，可是他卻顯得一片迷惑的神色，顯然並沒有看出什麼來。我也聽得傻了，只知道貫索、天紀全是星的名字。

孔老頭子又道：「快子時了，衞斯理，你快過來，我指給你看。」

他一面說，一面向我招着手，我不由自主被他話中的那股神秘氣氛所吸引，走了過去，同時看了看表，離午夜還有六分鐘。

我向白素作了一個手勢，白素也跟了過來。

我們一起抬頭向上看去，我不明白何以孔振泉的精神那麼好，這時，他看來不像是一個超過了九十歲的老人，他抬頭，透過屋頂上的那一大塊玻璃，望向星空，他的精神簡直就像是初戀的小男孩，望着他心愛的小女孩。

我望着繁星點點的星空，那是每一個人，在每一個晴朗的晚上，一抬頭就可以看得到的星空，觀察星空，不必付任何代價，人人都有這個權利，而星星在天上，不知道已經有多少年，比任何人類的祖先，早了不知多少倍。在我的一生之中，我也不知道看過了星空多少次，這時看到的星空，和我以前看過的，也沒有什麼不同，我辨認着我可以認出來的星星，順口問：「老先生，剛才你說什麼天市垣貫索近天紀，它們在哪裏？」

孔振泉揮着手：「那是兩顆很小的小星，普通人看不見。」

我不禁回頭向他望了一眼，同時，也看了一下他那張大牀的附近，我想找望遠鏡之類，用以觀察星象的工具，可是卻沒有發現。我有點不服氣：「你視力比別人好？為什麼你能看到別人看不到的小星星？」孔振泉顯得十分不耐煩：「當然我可以看到——我告訴你：那些星星要讓我看到，讓我感到它們的變化，總要有人知道它們想幹什麼的，是不是？這個人就是我。」

我皺着眉，這一番話，我又不是十分明白。

我再向他望了一眼，他仍然專注着，凝視着星空。可是他卻可以感到我在回頭看他，吼叫起來：「看着天，別看我。」

孔老頭子突然叫了起來，我倒還好，但叫聲卻把在一旁的他的弟弟，嚇了一大跳，因為老頭子的身體，虛弱得很，上次我來看他的時候，上氣不接下氣，像是風中殘燭，現在居然叫聲宏亮，這實在是一種反常的情形。所以孔振源忙道：「大哥，你……」

他只講了二個字，孔老大一揮手，他就立時住口，不再講下去。

老頭子的雙眼十分有神，當他望向星空，更在他的雙眼之中，有一股看起來像是在不斷流動的、十分難以形容的異樣光采。

我一面望向天空，一面仍然在討論剛才的那個問題：「老先生，你說……」

我只講了半句，孔振源陡然發出了一下驚呼聲一樣的呻吟，伸手向上，他的手在劇烈地發着抖、聲音也在發顫：「看，看，快出現了，快出現了。」

我和陳長青都手足無措，滿天都是星星，看來一點異樣也沒有，真不知他要我們看什麼。可是看他的神情，聽他的語氣，又像是機會稍縱即逝，一下子錯過了，就再也看不到他要我們看的異象。

還是白素夠鎮定，連忙問：「老爺子，你要我們看哪一部分？」

孔振泉劇烈地喘起氣來：「青龍。青龍，你們看，看，快看。」

他叫到後來，簡直聲嘶力竭，整個人都在發抖，努力要把聲音自他的身體之中擠出來，孔振源過來想搓他的胸口，卻被他一下子推了開去。

孔振泉這樣一叫，氣氛頓時緊張了起來，我一時之間，還未曾會過意來，因為平時就算我接觸星象，用的也全是現代天文學上的名詞，對於中國古代的天文學名詞，並不是十分熟稔，看孔振泉的樣子這樣急促，可能是星象上的變異稍縱即逝，那使得我十分緊張，一時之間，更想不起他要我看哪一部分，向陳長青看去，看到他的神情十分專注，但是也充滿了懷疑的神色。

白素在我的耳邊用極低的聲音道：「東方七宿。」

我「啊」地一聲，立時抬頭向東望去。

青龍是古代天文學名詞。中國古代的天文學家，把能觀察到的星座分為二十八宿，每七宿組成一種動物的形象，把東方的若干星，想像成一條龍，稱為青龍。四象之中的另外三組星星，則是朱鳥、白虎、玄武。

青龍，就是東方七宿：角宿、亢宿、氐宿、房宿、心宿、尾宿、箕宿，加起來，肉眼可見的星星，有三十餘顆，包括了在現代天文學上星座劃分的處女座、天蠍座、天秤座、人馬座中的許多星星，排列在浩瀚星空的東南方。

一經白素提醒，我的視線立時專注在東方七宿的那些星星上，我才找到了角宿中最高的一顆星，那是象形中「青龍」的龍頭部分，這顆星，古代天文學家稱之為角宿一，但在近代天文學上，它屬於處女座，是一顆亮度一等的一等星，編號是「一」。

（聲明：在這篇故事之中，以後將會提到不少星的名字，中國古代的名字是沒有問題，而現代天文學上，星的名字卻是用希臘字母來代表的，排字房未必能排得出來，而且即使排出來了，也不好讀，所以，一律將之改為相應的數字。

希臘字母一共二十四個，第一個字母，就當作「一」，餘此類推。）

處女一相當容易找到，它和牧夫座的一號星、獅子座的二號星，在天空形成一個等邊三角形，最南方的一顆就是處女一。

我找到了那顆星，一點也沒發現有什麼異樣，我正想再去找亢宿、氐宿的那些星星，忽然聽得孔振源叫：「醫生，快來，快來。」

孔振源叫得那麼急促，逼得我暫時放棄了觀察天象，低下頭來。

每個人都抬頭專注於星空，孔振源一直在注意着他的大哥，孔老大這時的神情，可怕之極，他雙手揮舞，額上青筋突起老高，雙眼直盯着星空，在他的臉上，汗珠一顆一顆迸出來，匯成一股一股的汗水向下淌。

我沒有看出星空有什麼異樣，我也承認孔振源這時叫醫生進來，是明智之舉，因為這個老人，已油枯燈盡了！

門打開，幾個人擁了進來，可是，孔振泉這老頭子卻突然用極其淒厲的聲音叫了起來：「閒雜人等統統滾出去，衛斯理，我要你看，你快看。」

他發抖的手指向上，我剛想說什麼，白素已經輕拉了一下我的衣袖，忙不迭答應着：「是，老爺子，他在看，他在看。」

我瞪了白素一眼，白素回望了我一下，在她的眼神之中，我看出她實在也沒覺察到星空上的「青龍」，有什麼異象。

孔振泉這樣一叫，令孔振源手足無措，進來的醫生護士也不知道該怎麼才好，孔振源叫道：「大哥，你……」

孔振泉的聲音，淒厲到了令人毛髮直豎：「你也滾出去，你根本就不懂……快看，注意箕宿四，箕宿四……」

他講到這裏，已急速地喘息起來，他的聲調和神態，實在太駭人，我連忙去尋找箕宿四，那是人馬座的第七號星，人馬座的彌漫星雲M8，是肉眼可見的星雲，而箕宿四就在附近，要找起來並不困難，可是找到了和找不到，實在沒有多少分別，一顆星就是一顆星，看起來一點異樣也沒有，它在黑暗的天空上，和其他星星一起閃着光，除非是光度特別強的星，不然，每顆星看起來都一樣。我盯着箕宿四，有點頭眩和眼花撩亂，只聽得陳長青問：「老爺，箕宿四怎麼了？」

孔振泉尖聲答：「芒，你們看箕宿四的星芒，直指東方，尾宿七又有芒與之呼應……」

他講到這裏，整個人突然一躍而起，在大牀上站起來。

他忽然之間有這樣的舉動，將每一個人都嚇了老大一跳。牀褥上並不是很容易站得穩，老人家身子搖擺着，孔振源先是嚇得呆了，接着大叫了一聲：「大哥。」

他一面叫，一面撲上去，雙臂還抱住了老頭子的雙腿，好讓他站穩。孔振泉一直抬頭向着上面，不住喘着氣，神情怪異到極，雙手伸向上，手掌向後翻着，令掌心向上，而且，作出十分用力的神情。看他的這種情形，活脱像是上面有什麼東西壓了下來，而他正盡力用雙手將之頂住。

我、白素和陳長青三人，看到了這種情形，面面相覷，實在不知道怎樣才好，而孔振源則抱住了他大哥的雙腿，也嚇得講不出話，於是整間房間之中，就只有孔振泉濃重的喘息聲。這種情形並沒有維持了多久，我剛想有所行動之際，孔振泉已經叫了起來：「你們看到了沒有？東方七宿，每一宿之中，都有一顆星在射着星芒。」

我看到白素緊蹙着眉，陳長青則像是傻瓜一樣地張大了口。他們都抬頭看着天空，我也抬頭向上看去。我不明白孔振泉所說的「星芒」是什麼意思。如果是指星星那閃耀不定的光芒而言，那麼，每一顆星都有，除非這顆星的光度十分微弱。如果是另有所指，那麼，我看不出東方七宿的那麼多星星中，有什麼異樣的光芒。

孔振泉卻還在叫着：「看，七股星芒，糟了，糟了，果然不出我所料，七色星亡聯成一氣的日子已來到，不得了，不得了，大災大難……」

他叫到這裏，聲嘶力竭，孔振源被他大哥的這種怪異行為，嚇得幾乎哭了：「大哥，你先躺下來再說，大哥，你先躺下來再說。」

孔振泉這老頭子，也不知道是哪裏來的氣力，陡然大叫一聲，一振腿，竟然把抱住他雙腿的孔振源，踢得一個筋斗，向後翻了出去。

而看他的樣子，雙手像是更吃力地向上頂着，一面仍然在叫：「別讓他們進行，別……讓他們進行……」

我大聲問了一句：「他們想幹什麼？他們是誰？」

老人家的聲音變得十分嘶啞：「他們想降災，在東方降災……這個災難……衛斯理，你一定要去阻止他們……一共有過三次……有史以來……一共只有過三次七宿現異色星芒，……這是第三次了，衛斯理，你一定要去阻止他們……你……」

他的聲音愈來愈啞，這時，我在用心聽着，被踢開去的孔振源，重又來到牀邊，再度抱住了老人家的雙腿。

老人家講到這裏，突然停止，剎那之間，房間之中，靜得出奇。

我還想等他繼續說下去，看他還有什麼怪異的話要說出來，可是卻聽不到任何聲音。就在這時候，我和白素兩人，同時發出了「啊」的一下呼叫聲。我們同時感到，房間中太靜了！即使孔振泉不叫嚷，他也應該發出濃重的喘息聲，可是這時卻根本聽不到任何聲音。

我在「啊」了一聲之後，立時向孔振泉看去，只見他仍然維持着那樣的姿勢，雙手仍然撐向天上，雙眼睜得老大，口半張着，一動也不動。

一接觸到他的雙眼，我就吃了一驚，以前，不論他多衰老，他的雙眼有着一種異樣的炯炯光采，可是這時候，他儘管睜大着眼睛，眼中卻已沒有了這樣的光采，看起來像是蒙上了一層蠟。

我立即知道：孔振泉死了。可是，孔振源顯然還不知道，還緊抱着他的雙腿，我長長嘆了一口氣，過去拍了拍孔振源的肩頭，説道：「扶他躺下來，他已經過世了。」

孔振源聽到我這樣説，陡然一震，鬆開了雙臂，他的雙臂剛鬆開，孔振泉高舉着的雙臂，陡然垂下，人也直挺挺地倒了下來，仰天躺着，雙眼仍然睜得極大。

孔振源胡亂地揮着手，一副不知所措的樣子，看來他對這位兄長的感情十分深厚。

這時，他的兄長雖然以九十餘歲的高齡去世，但是對他來説，還是一個極嚴重的打擊。

我向早已走進來的醫護人員招了招手，讓他們走近牀，兩個醫生一個抓起了孔振泉的手腕，一個側頭去聽孔振泉的心臟是不是還在跳動。我和白素知道這全是多餘的事，這個老人已經死了。

孔振源直到這時，才哭出聲來，一面哭，一面向那幾個醫生道：「快救他，快救他……他昏了過去……快打針，快！」

我忍不住大聲道：「孔先生，令兄死了。」

誰知道孔振源陡然跳了起來，樣子又急又凶，指着我叫了起來：「出去，出去。誰說他死了？你根本就不該來，你……你……出去！」

我心中雖然生氣，但是也不會去和一個剛受了嚴重打擊的人計較什麼，白素還怕我會有什麼行動，拉着我：「我們該走了。」

我轉身向外就走，陳長青跟在後面，到了門口，我慪了一肚子氣，向白素道：「真是豈有此理！莫名其妙！來聽一個老瘋子的胡言亂語，受了氣，還沒地方出。」

陳長青卻一點也不識趣，一本正經地說道：「大老爺說的話，是天機，他洩漏了天機，所以立時死了。」

我瞅着陳長青：「你放什麼屁？什麼天機！」

陳長青伸手指着天空：「孔振泉在星象的變異上，看出了東方將有大災降臨，枉他那麼相信你，認為世界上只有你衛斯理一個人，才能阻擋這個災禍，你卻連他講的話都不相信，還稱他為老瘋子。」

我「哈哈」大笑起來：「對。對。我是蒙他抬舉了，他應該找你去阻止這場大災難。」

陳長青向我翻着眼睛，一副「我為什麼不能」的神態，我又道：「我建議你去弄一枚強力的太空火箭，把自己綁在火箭上，射上天去，去把什麼箕宿四、心宿三、房宿二的那種異樣星芒弄掉，那麼，天上星象既然沒有異象，災難自然也消解了。」

陳長青被我的話，說得滿面通紅，怒道：「你根本什麼也不懂。」

我高舉雙手：「是，我承認。」

白素嘆了一聲：「現在說這種話有什麼意義，上車吧。」

我們來的時候，是三個人一起坐我的車子來的，白素請陳長青上車，陳長青卻犯了牛脾氣，大踏步向前走了出去，頭也不回，大聲道：「我不和什麼也不懂的人同車。」

我立時道：「小心，半夜三更一個人走路，小心遇上了七個穿青衣服的人。」

陳長青呆了一呆，轉過身來：「什麼七個穿青衣服的人？」

我忍不住又大笑：「東方七宿的化身啊！東方七宿又稱青龍，當然穿青衣服，說不定，臉也是綠顏色的。」

陳長青發出了一下憤怒的叫聲，向前走去。我一面笑着，一面上了車，坐在駕駛座位上，白素也上了車，坐在我的身邊，默然不語。

我並不立即開車，白素也不催我，她知道我不開車的原因：先讓陳長青去走一段路，然後再追上去，兜他上車。

我等了沒有多久，就聽到警號聲，一輛救護車疾駛而至，在門口停下。看來孔振源還是不死心，認為他的兄長只是昏了過去，沒有死。

我開動了車子，緩緩向前駛去，白素直到這時才說了一句：「我看陳長青不見得肯上車。」

我嘆了一聲：「這個人其實十分有趣，只是太古怪了，而且，也沒有幽默感。」

白素不說話，只是發出了一下輕微的悶哼聲，我道：「有反對的意見？」

白素道：「當然，你這種幽默，若是由旁人加在你的身上，你會怎樣？」

我揮了揮手：「我根本不會給人家這樣諷刺我的機會，所以不必去想會怎樣。」

白素低嘆了一聲：「孔老的話，未必是瘋言瘋語，他觀察星象那麼久，有獨到之秘。」

我沒有再說什麼，如果這時，和我說話的對象是別人而不是白素，我一定會說：「就算他說的話全是真的，星象顯示了有大災難，我們生活在地球上的人，又有什麼辦法可以改變？」

但由於那是白素，所以我只是悶哼了一聲算數，誰知道白素立時問：「有反對的意見？」

我不禁笑了起來，正想回答，突然看到陳長青，站在路邊的一塊大石上，抬頭向天，雙手伸向上，手掌翻向天，直挺挺地站着，就是孔振泉臨死之前的怪姿勢。我呆了一呆，立時停車，按下了車窗。

車窗一打開，就聽到陳長青還在大聲叫着：「別讓他們進行！別讓他們進行！」

那也正是孔振泉在臨死之前所叫的話。

我伸頭出窗，叫道：「陳長青，別裝神弄鬼了，快上車吧。」

陳長青震動了一下：「衛斯理，我有什麼事求過你沒有？」

我「哼」地一聲：「太多了。」

陳長青急急地道：「是，我求過你很多事，可是你從來也沒有答應過我，現在我求你下車，站到我身邊來，求求你。」

陳長青在這樣講的時候，姿勢仍然沒有變過，而他的聲音，又是這樣焦切。一個這樣的要求，如果再不答應，就未免太不夠意思了，所以，儘管我的心中十分不願意，還是一面搖着頭，一面向白素作了一個無可奈何的手勢，然後打開車門，躍上了那塊大石，到了陳長青的身邊。

陳長青仍然維持着那個怪姿勢，他道：「你知道我現在在幹什麼？我是在試驗，孔振泉是不是因為洩漏了天機，所以被一種神秘力量殺死了，如果事情真如我所料，那麼，這時，我也應該可以感覺到這種力量。」

我長嘆了一聲——那是一下真正的長嘆，然後我道：「我勸你還是快停止吧，如果你的試驗成功，你豈不是會被來自東方七宿的神秘力量殺死？」

我勸他停止這種「試驗」的理由，可以說再充分也沒有。可是陳長青卻極是嚴肅：「我死了有什麼關係？至少可以使你相信，天機真是這樣，那你就會盡你一切力量，去阻止這場大災難。」

我啼笑皆非，倒絕不懷疑陳長青真有這樣偉大的胸懷，這個人，若是偉大起來，絕對可以到這種地步。我只是對他把孔振泉的話看得那麼重，有點不能接受。

我連忙道：「你準備這樣站多久？」

陳長青嘆了一聲：「我不知道，我已經站了一會，可是一點感應也沒有。」

他停了一停，突然又叫一聲：「衛斯理。」

我嚇了一跳，連忙道：「別叫我和你一樣用這種怪姿勢來做你的試驗。」

陳長青又嘆了一聲，我慶幸自己預料中了他要我幹什麼，拒絕在先，好令他不敢開口。他在嘆了一聲之後：「衛斯理，在星相學中，有很多屬於星相學自己的語言，你當然知道。」

我笑道：「我可以和你詳細討論這個問題，上車再說吧。」

我知道要勸阻陳長青，並不是一件容易的事，心想只要把他弄上車，送他回家去，就算他在他家的花園中，用這樣的怪姿勢站上三天三夜，也不關我的事，現在他就這樣站在路邊，我總不能就此捨他而去。

誰知陳長青聽了，一面仰着頭，一面又搖着頭，看起來十分滑稽：「不，現在先說說，屬於星相學的語言，有時很玄，但是也可以用別的語言來替代。譬如說，上應天命，就可以解釋說，星群中某一顆星的活動，對某一個人產生獨特的影響。」

我「嗯」地一聲，不置可否，心中在盤算着，是不是要把他打昏，然後弄上車子。

白素這時也下了車，來到了大石之旁，看着我們。

陳長青又道：「當然你必須相信在地球上生活的人，一切行動、思想，都受到宇宙中無數其他星球所影響，也就是說，必須先承認星相學的根本說法，不然，不必討論下去。」

我趁機道：「我不承認，我們不必討論下去。」

陳長青的樣子，看來十足是一個殉道者：「不，衛斯理，其實你相信星相學的原則，宇宙中那麼多星體，幾乎每一個都有它獨特的能量，射向地球，使許多對這種能量有獨特感應的人，受到這個星體的影響。」

我再嘆了一聲，沒有說什麼，白素卻在幫着陳長青作解釋：「這個受了某個星體獨特影響的人，在古代的語言或是星相學的語言上，就是某某星宿下凡。」

陳長青很是高興：「對啊，一個受了星體能量影響、文才特別高超的人，會被認為是文曲星下凡，一個受了某種星體影響、作惡多端的人，就是惡星下凡。」

我除了嘆氣之外，實在不能做什麼，連我說話的語調，也無精打彩，一點也不像陳長青那樣興致勃勃，我道：「是啊，梁山好漢一百零八條，都上應天象。」

陳長青十分認真地道：「我認為世上特出的人物都應天象，受到某一顆星影響，庸庸碌碌的普通人，始終只能做普通人，不能成為大人物，就是因為受不到星體的影響之故。」

一聽到陳長青的這番話，我倒不禁肅然起敬，佩服他相像力的豐富。他把傳說中的「什麼星下凡」這種現象，解釋為地球上的某一個人在出世之後，就受到宇宙某一個星體所發射的一種不可測的力量影響，真是聞所未聞。雖然恐怕他一輩子也無法證明，但是這種大膽假設，倒也足以令人敬佩。

我點頭道：「不錯，這是一個很好的假設。」

陳長青極高興，連聲道：「謝謝。」

他道謝之後，反倒不開口了，我問：「你轉彎抹角告訴了我這些，究竟想對我說什麼？」

陳長青又停了一會，才道：「我用這樣的姿勢，講這樣的話，卻一點感應也沒有，孔振泉一直在指定要你去對付星象上的異象，一定是他知道，你是……」

我大聲道：「我也不知道自己是什麼星宿下凡，或許是倒霉星。」

我說自己是倒霉星，是指認識了陳長青這種朋友而言，可是陳長青卻立時一本正經道：「這話怎麼說？嫂夫人配不上你麼？你要自認倒霉。」我真是啼笑皆非。陳長青又道：「你是一個非常人，我想你一定是受了天體之中某一顆星的影響。」

我已經跨下石去，不準備再理他了。

我一面跨下大石，一面道：「希望你能告訴我，是哪一顆星，那麼，當你看到這顆星掉下來時，就可以知道我死了。」

陳長青道：「一個人在活着的時候，只有極少數的例外，才能知道影響他的是什麼星，例如皇帝，一般來說，都受到紫微星的影響。」

我跳下了大石，陳長青十分苦惱：「我本來想，由你來採取同樣的姿勢，講同樣的話，或者，你可以有感應，會感到來自星空的神秘力量，正要在東方造成一場嚴重的災難。」

我不由自主嘆了一聲：「謝謝你看得起我，可是我卻不認為我會是什麼星下凡，我也不會像你那樣，去祈求星星給我感應，我只是一個普通人，甚至我沒有看到什麼變異。」

陳長青的聲音非常沮喪：「老實説，我也沒有看到有什麼異象，可是孔振泉説，東方七宿之中，有七色星芒聯成一氣的現象。」

我道：「孔振泉也曾説過，他睡着的時候也睜着眼，這樣可以由心靈感應到星象。」

我這樣説，意思是孔振泉這老頭子的話，實際不上可信，不必再照他的話去做傻事。

可是陳長青真是死心眼得可以，他立時道：「是啊，如果星體對人的影響來自一種神秘的放射能量，那麼，用心靈來感應，確實比用眼來觀察更有效。」

我真的再也忍不住了，大喝一聲：「陳長青，你到底上不上車？」

陳長青仍然仰着頭，搖着，白素向我打了一個眼色，示意我順從一下陳長青的意思，我很少對白素生氣，但這時，我卻禁不住用十分發怒的聲音道：「你要我像他一樣發神經？」

白素低嘆了一聲：「不是，我只是覺得，孔振泉這個老人，他所説的話，雖然不可理解，但是卻有一定的道理。他觀察了一種星象，主大災大禍，而聽他的語氣，這種大災禍像是可以消弭，而能夠消災去禍的人，又只有你。」

我苦笑，白素也相信我有通天徹地之能？我有什麼力量可以和天上的星象對抗？東方七宿的星星，全是仙女座、天蠍座的，與地球之間的距離，全都以光年計，集中全世界的科技力量，也無法使我接近這些星座，這簡直不是開玩笑，而是痴人的夢囈了。

白素卻還在道：「陳先生堅持得很有道理，反正你不會有什麼損失，你何不試一試？」

我笑了起來：「由此可知，你也根本不相信，要是你相信我真的能接收什麼上天感應，或者說，能接收什麼星體的神秘放射能量，你就不會叫我試，要是我也因為洩露天機而被弄死了，那怎麼辦？」

白素神情迷惘：「我也不知道該怎麼辦，事實上，我的……想法也很矛盾，但是我認為，不妨試一下。」

她這樣說的時候，瞪大了眼睛望着我，流露出了懇求的眼色。

我不知道何以白素要我堅持那樣做，她平時不喜歡做無意義的事情，或許正如她所説，她對於一連串的事，想法也很矛盾，所以想要進一步的證實一下自己的一種模糊的、不成熟的想法。

就算陳長青跪下來求我，我也不會答應去做這種事的，但是在白素柔和動人的眼光下，我卻長嘆一聲，終於放棄了自己的主意。

我又跨上了大石，搖着頭，大概從三歲之後，就沒有做過這種怪事。我學着陳長青，雙手撐向天空，瞪大眼睛望着星空。然後，我大叫：「別讓他們進行，別讓他們進行。」

當我這樣叫的時候，陳長青也跟着叫，要是有什麼人經過，看到了我和陳長青的這種神態，不認為神經病院發生了大逃亡事件才怪。

我叫了三四遍，心想白素應該滿足，準備跳下那塊大石，突然之間，我呆住了，張大了口，一點聲音都發不出來。

近南方的星空，也就是東方七宿所在處，有幾顆自東到西，距離相當遠的星星，突然發出了一種異樣的光芒，那種光芒又細又長，倏然射出七股光芒的顏色不同，細得像蛛絲，但是在那一霎之間，光彩不但奪目，簡直令人驚心動魄。

七股星芒射向同一個目標，也就是說，七股星芒從不同位置的星球射出，但是七根直線卻射向一點，在這一點上交匯。

那七股星芒交匯的一點，是黑暗的星空，看不出有什麼星星。然而，就在星芒交匯的一剎那間，我又清楚地看到，在那交匯點上，迸出了一個星花，猩紅色，紅得如此鮮艷，如此奪目，所以當這一點紅光一閃，連同那七股星芒一起消失，我的視網膜上，還留下了十五分之一秒的印象，就像是有一滴鮮血，在漆黑的夜空上，忽然滴了下來，這種景象真令人心頭震動，駭異莫名。

這一切，我用文字形容，相當多形容詞，才能說出一個梗概，可是實際上，這一切發生的時間，絕不會超過十分之一秒。

當那鮮血似的一滴，在我的視線中消失，我第一件事，就是轉頭向陳長青看過去，陳長青還是傻瓜一樣地仰着頭，從他的神情上可以看得出，他在剛才那一霎間，根本沒有看到什麼。

我是不是真的看到了星空異象？為什麼只有我一個人看到？真的是因為我有一種特異能力？還是那只不過是我的幻覺？

這真是怪異之極，星空的異象已完全消失了，我還是維持着原來的姿勢，除了轉頭看了一下陳長青之外，沒有動過。白素十分急切地問：「你看到了什麼？」

我怔了一怔，用十分嘶啞的聲音答：「沒有，沒有看到什麼。」

當我這樣回答白素的時候，我知道，多少年的夫妻，白素一聽就可以知道我在說謊，所以我連看也不敢看她，隨即放下手來：「陳長青！試驗做完，上車回去吧。」

陳長青失望之極，也放下手，嘆了一聲，喃喃道：「真沒有道理，孔振泉的話，我相信是真的，我跟了他一年，他用觀察星象的結果來預言一些事，從來沒有不準。」

我「哦」地一聲：「例子呢？」

陳長青道：「那次他告訴我，畢宿五星，天潢星官大暗，主西方有要人當遇巨災，第二天，就有美國總統被刺、中了兩槍的消息傳來。還有一次，北斗七星之中，天璇被異星所犯，主地動，結果，是一場驚人的大地震。」

我皺着眉，這時，我和他討論問題，態度已嚴肅。我道：「如果你指的地震，是那場著名的大地震，那麼時間不對，那時你不應該在孔家。」

陳長青道：「是的，那天，孔老頭子精神好，我又答對了他的幾個問題，他興致起來，就給我看他觀察星象的一份記錄，他早已經知道，必有地動，後來，果然如此，死了幾十萬人。」

我沒有再說什麼，下了那塊大石，陳長青跟了下來，還在喃喃自語，我也不去理會他，上了車，誰也沒有說話，我思緒極紊亂，也不想說話。陳長青本來還想跟我們回去再討論，可是看到我心不在焉，他也不知道發生了什麼事，所以沒有再提出來，只是在分手的時候道：「我們保持聯絡，誰有了發現，就先通知對方，嗯？」

我又應了一聲，在陳長青走了之後，白素沉默了片刻，才說道：「這樣對陳長青不公平。」

我嘆了一聲，用手撫着臉：「我知道，但是事情十分怪異，先讓我定下神來。」

白素沒有再問我看到什麼，我又伸手撫着她的頭髮，在車到家門口之際，我道：「進去我就講給你聽。」

白素點着頭，但是她指着門口：「看，我們家裏有客人在。」

我也看到了，在我住所門口，停着一輛黑色的大房車，有穿制服的司機，車座上，有着雪白的白布椅套。

這輛大房車，我絕不陌生，那天晚上，從歌劇院出來，大雨之中，我就是登上了這輛車子，才見到了孔振泉，那是孔振源的車子。

我一面下車，一面道：「孔振源？不會吧，他大哥才死，他怎麼會到我這裏來？」

白素也大惑不解，我急步來到門口，打開了門，就聽到老蔡的聲音傳過來：「我不知道衛先生什麼時候回來，你等得就等，等不了就帶着那箱子走。」

老蔡是我們家的老僕人，這時他在發脾氣，由此可知，訪客一定有更不客氣的言行，令到老蔡生氣。

我大踏步走進客廳去：「我回來了……」

甫進客廳，我就一怔，因為在客廳中，漲紅了臉、神情又急又怒的，不是別人，正是孔振源。

我離開孔家，是被他趕走的，我無意報復，但也感到十分奇怪，他來幹什麼？

孔振源看到了我，他狠狠瞪了老蔡一眼，老蔡犯了僵脾氣，轉過頭去，睬也不睬他。孔振源指着地上放着的一個黑漆描金箱子，氣呼呼道：「家兄遺命，我要親手把這個箱子交給你，不能借旁人之手，現在送到，我告辭了。」

他說着，已經向外走去。

我看到了那個箱子，認出就是放在孔振泉牀頭的那一個，上面的九子連環鎖還在，這時，我只覺得事情十分突兀，有許多想不通的地方。

我所想到的第一點是，現在距孔振泉之死，大約還不到一小時，孔振源怎麼那麼快就去看孔振泉的遺書？我一想到這一點，就道：「你倒真性急，那麼快就去看你哥哥的遺書。」

孔振源怒道：「你在胡說八道什麼？」

我指着那個箱子：「你說是孔先生的遺命，你不看遺書，怎麼知道？」

我理直氣壯地說，孔振源更是憤怒，脫口道：「放你的……」

孔振源只罵了半句，就突然想起他是有身分，所以將下半句硬生生地收了回去。

我卻直視着他，等着他的回答，他吞了一口口水，大聲道：「家兄臨死時說的。」

我一聽到他這樣說，眼睜得更大，真不明白世界上怎麼有這樣睜着眼說瞎話的人，他兄長死的時候，我就在旁邊，老人在最後叫了一句「衛斯理，你一定要去阻止他們」，就咽了氣。

當時的情形雖然很混亂，但是也沒有混亂到我聽不到他吩咐孔振源要把那口黑漆描金的箱子親手送給我的地步。

我立時道：「你在放什麼屁？孔先生死的時候，我也在，他說過什麼，我很清楚。」

孔振源一下子衝到了我的面前，看來他的忍耐已到了極限，所以他終於把那下半句話也罵了出來：「你才在放屁，你說他死，他根本沒有死，只是老人家閉過了氣去。」

我陡地呆了一呆，一時之間，還不知道怎樣反應才好，白素也急急說道：「孔先生，你的意思是，我們走了之後，孔先生他……他……」

孔振源悶哼了一聲：「我真懶得跟你多說，可是我大哥真還看得起你，他醒過來，坐直身，就吩咐我，一定要把這個箱子交給你。」

我聽到這裏，也真呆住了。我又不是沒見過死人，要是連活人和死人也不能一眼看出來，那真可以弄一塊豆腐來撞死算了。

可是孔振源又沒有道理騙我，我連忙道：「孔先生，你再趕時間，也不急在一時，把情形詳細向我說說。」

白素也道：「是啊，只耽擱你幾分鐘，孔老先生要他去做事，他一定要了解每一個細節，以免辜負了孔老先生的遺志。」

或許是白素最後一句話感動了孔振源，他悶哼了一聲，怒意稍斂：「你們走了之後，那幾個渾蛋醫生，也說他死了……」

我想插一句口：「他本來就死了。」但是我口唇動了動，沒有說出來。

孔振源續道：「我打電話叫急救車，一再搖着他，要讓他醒過來。」

孔振源講到這裏，聲音哽咽，我想像着那時的情景，孔振源對這個年紀比他大了三十歲的兄長，感情極濃，猝然受到打擊，有點反常的行動，場面倒很感人。

可是，死人是搖不活的，死人要是搖得活，天下還會有死人嗎？

孔振源的聲音哽塞：「我搖了幾下，他就陡然坐了起來，身子坐得筆直，那些渾蛋看到他醒過來，居然害怕，連跌帶爬，真不要臉。」

我勉強笑了一下，一個明明已經死了的人，忽然又坐直了身子，這使人聯想到「屍變」，在場的人自然害怕，尤其是那兩個確知孔老頭子已經死亡的醫生，孔振源一再罵他們渾蛋，實在沒有道理。

我不作任何反應，孔振源又道：「他一坐直，就轉頭指着那個箱子：『振源，這箱子，你立刻送給衛斯理，要親自去，親手交到他手上，看他收妥了才能走，一刻也不能耽擱。』我看到他醒過來，高興極了，連忙答應。這時，急救車的人也到了，可是他在講了那幾句話之後，又倒了下去，這次……真的死了，怎麼叫也叫不醒。」

孔振源講到這裏，神情極難過，停了片刻，才又道：「我一想到他最後的話，我明知走不開，也只好先把這個箱子給你送來，但偏偏你又不在，我心急，貴管家又……」

我連忙道：「對不起，對不起。」孔振源唉聲嘆氣：「我要走了，唉，家兄一死，不知道有多少事情要辦。」

他向門口走去，我和白素連忙送出去，到了門口，我才問了一句：「這箱子裏，有什麼東西？」

孔振源搖頭道：「我一點也不知道，既然他遺命送給你，不論裏面是什麼，全是你的，你有處理的全權。」

他說着，急急上車，一定是他催促司機快開車，所以車子在快速轉過街角的時候，發出了一陣陣「吱吱」的聲響。

等到看不到他的車子，我才道：「當時，老人家不是昏過去，而是死了。」

白素點頭道：「是，當他還站着的時候，已經死了。」

我攤着手：「這就怪了，死人怎麼還會復活，吩咐把那個箱子給我？」

白素沒有立時回答，轉進了屋內，站在那箱子之旁，用手撫摸着箱子，沉思着。

那是一間十分美麗的箱子。這種箱子現在大多數被仿製來出售給西方人作裝飾用，但是在古老的中國家庭之中，它卻確然曾是實用的家具。黑漆歷久而依然錚亮，描金的花紋，顏色十分鮮明。

金漆描的是北斗七星圖，配以圖案形的雲彩，看起來十分別致。

白素沉吟不語，我把鎖着箱子的九子連環鎖撥弄得發出聲響，白素道：「人死了之後，再忽然活回來的例子，倒並不罕見。」

我承認：「不錯，有的因之還記錄下了死亡之後的情形，有一本書，是一個美國醫生寫的，就記錄了許多這樣的實例。」

白素道：「所以，孔老的情形，不算太怪異，只不過這個箱子，他為什麼這樣重視呢？」

我說道：「打開來一看就知道了。」

我一面說，一面抓住了鎖，就待向外拉。這種九子連環鎖的構造，十分複雜，要打開它，需要經過極其繁複的手續。

而且，我知道，陳長青曾打開過它，打開了之後，裏面是另一個較小的箱子，也鎖着一個較小的同樣構造的鎖。

箱子的鎖扣看起來並不是太結實，我已經決定把鎖一下子拉下來算了，那是最直接的辦法。

白素卻陡然伸手，按在我的手背之上，向我搖了搖頭。我連忙道：「這是最快打開箱子的辦法。」

白素道：「是，我同意，可是用這種法子弄開箱子，孔老頭對你一定失望。」

我笑了起來：「他已經死了，雖然他復活過一次，可是再也不會復活了。」

白素道：「我不想任何人認為我們連打開這種鎖的能力都沒有。」

我忙道：「誰説打不開？只不過太費時間！」

白素想了片刻，才道：「或許正要浪費那些時間，孔老先生十分精於占算，他一定算到——」

我笑得更大聲：「他一定應該算到我不會花這種冤枉功夫，而採取最直接的方法。」

白素側頭想了一想：「也有道理，反正該發生什麼，他應該早已預知。」

她說着，將手縮了回去，我很是高興，用力一拉，就已經連鎖帶扣，一起拉了下來，打開箱子蓋，果然如陳長青所言，裏面是一個較小的箱子，形狀和花紋，一模一樣，也加着一把九子連環鎖，鎖也小了一號。

我把那較小的箱子提了出來，分量不是很重，一隻手可以輕而易舉提起來。然後，依樣畫葫蘆，又把鎖連鎖扣一起拉掉，再打開箱蓋，看到裏面，又是一個箱子，一模一樣，不過又小了一號。

我悶哼了一聲：「老頭子喜歡開玩笑，東西再重要，也不能這樣收藏法，這樣收藏其實一點用處也沒有，人家只要把整個箱子抬走就行了。」

白素沒有說什麼，於是我又把那箱子提了出來。

把鎖連扣拔掉，打開箱蓋，這樣的動作，一共重複了七次。

也就是說，箱子之中還是箱子，已經一共有八個箱子了，每個箱子小一號，到了第八個，已經不是箱子。

這是一個約有四十公分長的盒子了。可是花紋圖案，一模一樣。而最精妙的，是箱子上的九子連環鎖，一號比一號小，小到了第八號，還是同樣的鎖。這種鎖有許多一個套一個的小圓圈，互相之間，在解的時候，要穿來穿去好多次，才能解開一環，這時鎖已這樣小，圓圈更小，如果要解的話，已無法用手指來掌握它們，而非用鑷子不可。

所有的鎖，都用上佳的雲南白銅鑄造，我從來也未曾見過那麼精緻的鎖，在第八號箱子上的鎖，由於體積小了，看起來更是精緻，我先輕輕拉了拉，望向白素，白素道：「現在，才想慢慢解開它，太遲了！」

我笑道：「我是怕把鎖拉壞。」

說着，取出了一柄小刀，撬着鎖扣，不多久便把鎖扣撬了下來。

我用手向上一掀，將盒子蓋打開，我和白素兩人，同時發出了「啊」地一下呼叫聲。

箱子中的東西再奇怪，我們兩人也不會驚呼，可是這時，我們一起驚呼，是因為第八號箱子打開之後，裏面根本是空的，什麼也沒有。

我在一時之間，還不相信自己的眼睛，伸手進去，在空盒子裏摸了一下，我發覺自己這樣的行動十分傻，縮回手來，不由自主紅了紅臉。

那時，我實在有點惱羞成怒：「孔老頭子不是在開玩笑嗎？裏面什麼也沒有，死了之後再活過來，要他弟弟送來給我幹什麼？」

白素也呆着，出不了聲，過了一會，她才道：「實在也不能説箱子中什麼也沒有。」

我道：「有什麼？」

白素的回答很妙：「有箱子。」

我又罵了兩句，才道：「是啊，箱子裏有箱子，到最後一個箱子裏面是空的，這叫作有東西？」

我一面説着，一面將八個箱子蓋打開，一個一個照原樣扔進去，最後，把八把鎖也拋進箱子去，蓋上蓋子道：「放到地下室去吧，什麼東西！」

白素遲疑地道：「或許是你開箱子的方式不對？」

我大聲道：「空箱子就是空箱子，不論用什麼方法打開它，都是空箱子。」

白素沒有和我爭辯，我又道：「孔老頭子活得太久了，沒事拿人來消遣，胡說八道至極點。」

白素道：「這樣說，不太公平吧，你剛才明明看到了什麼。」

第六部

天文台的答覆

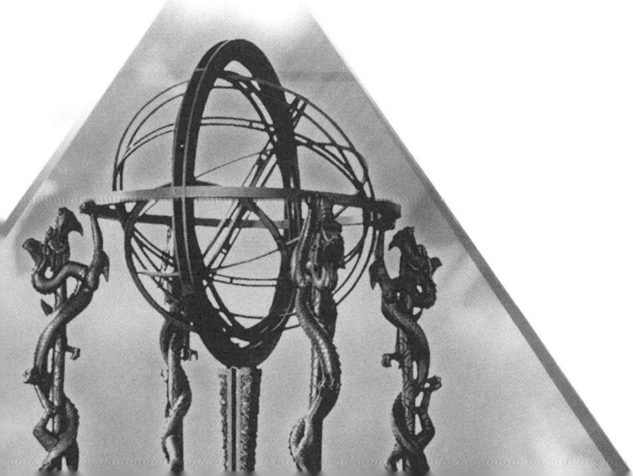

我怔了一怔，坐到了那個箱子上，有點言不由衷地說道：「因為我受了孔老頭言語的影響，所以才會有幻覺。」

白素並不駁斥我的話，只是說道：「那就把你的幻覺，描述一下吧。」

我就把當時看到的情形，向她說了一遍。白素靜靜地聽着，聽完之後，才道：「真奇怪，你說的情形，和孔老的話一樣。」

我道：「是啊，所以我才說這是受了他言語影響的一種結果。」

白素十分心平氣和：「我看不到，陳長青也沒有看到，你看到了，說不定真是有什麼星體在影響你。」

我笑了起來：「是啊，你的丈夫是天上的星宿下凡，爾等凡塵女子，還不速速下跪，拜見星君。」

白素瞪了我一眼，自顧自上樓去了。

我也上了樓，到了書房，把一幅相當大的星空圖，攤了開來。

雖然我把自己看到的情形稱為「幻覺」，但當時在那極短時間內看到的情形，給我極深的印象，那令我在一攤開星空圖之後，就可以指出，有星芒射出的七顆星，是哪七顆。

而印象更深刻的是，那七股星芒的交匯點，露出鮮紅色的那一點的所在，是在處女座的八號和十三號星之間，那是東方七宿之中，角宿的平道星官，兩星之間，並沒有肉眼可見的星星。

如果把整個東方七宿的星，用虛線連結起來，想像成一條龍，那麼，那個七股星芒匯合的所在，是在龍形的頭部，或者可以更精確地說，是在龍形的口部。

我閉上眼睛一會，問自己：那是幻覺嗎？當時的印象如此深刻，我真是看到了旁人所看不到的星空異象，孔振泉看到的是不是也是一樣呢？他所指的大災難，說是有史以來，只發生過兩次，指的又是什麼災難呢？

我不斷地想着，但一點結論也沒有。

當我離開書房，回到臥室時，已經快凌晨四時，在這之前，我推開了窗，望着繁星點點的星空，又望了很久，可是那種異象，卻沒有再出現。

進了臥房，白素已經睡了，我躺在牀上，翻來覆去睡不着，孔振泉淒厲的呼聲，像是一直在我耳際縈回，十分可怕。

第二天一早，我就起了牀，第一件事就是和一個朋友聯絡。這個人，我不是很熟，只見過一次，是在一次偶然機會之中，談起外星生物時，他和我交談過幾句，他告訴我，他是天文學家，在比利時的國家天文台作研究工作。

在那次簡短的談話之中，這位天文學家，曾經感慨地說過一番話：「人永遠無法了解星星的奧秘，試想，在幾百光年、幾千光年、幾萬光年的距離之外，去觀察星體，而想藉此了解星體的秘奧，這太奢求了！這和在一公里之外觀察一個美女而想去了解她，同樣不可能。」

這番話給我的印象十分深刻，因為人類對現今的科學發現，充滿了沾沾自喜的情緒，以為近一百年來的科學進步，已使人類掌握了許多天地間的秘奧！

有不少天文學家，更喜歡誇張天文學的成就，強調直徑巨大的電子望遠鏡的功用，但從望遠鏡中觀察天體，怎能了解天體、這位朋友所作的譬喻，實在是再恰當也沒有了。

所以，我想，我有天文學上的難題，找這樣一個在觀念上認為人類無法掌握星體秘奧的學者去研究，那比較適合。

他遠在比利時，單是電話聯絡，已費了大約半小時的時間，那邊的天文台先說殷達博士不聽電話，待知道是遠東來的長途電話，又叫我等一會再打去。

比利時的時間，比我居住的東方城市，慢七小時，我這裏是早上八時，他那邊是凌晨一時，作為一個天文學家，那是觀察星象的最佳時間。

過了十五分鐘，我再打電話去，有人接聽之後，又等了一兩分鐘，才聽到了一個相當低沉的聲音，傳了過來：「是哪一位？殷達在聽話。」

我連忙道：「我是衛斯理，記得嗎？大約三年前，我們曾見過一次，你告訴我，用望遠鏡去看星星，就像在一公里之外觀察一個美女而想去了解她一樣。」

低沉的聲音笑了起來：「是，我記起來了，你曾回答我說，就算把一個美女娶回來做妻子，也無法了解她。」

我道：「是啊，當時你聽了我的話，十分沮喪地說：照你這種說法，天文學不存在了，就算可以登上星體，也無法了解它。」

低沉的聲音嘆了一聲：「正是，人類在地球上住了幾萬年，對地球又知道多少？連自己居住的星球都不能了解，何況是別的星球。」

他說到這裏，停了一停，才又道：「朋友，我能為你做什麼？」

我實在不知道怎麼向這位天文學家說才好，猶豫了一下：「事情相當怪異，昨天晚上，我觀察星象的時候，發現了一個十分怪異的現象。」

殷達笑了起來：「怎麼，發現了一顆新星？這是業餘星象觀察者夢想的事。請告訴我它的位置，替你覆查一下，我們這裏每晚都有天象的詳細紀錄。」

我連忙道：「不是，不是，對不起，我不知道你對中國古代天文學程度怎樣。」

殷達遲疑了一下，語氣十分遺憾：「對不起，一無所知。」

我道：「那也不要緊，昨天晚上我觀察到的異象，是在處女座、天蠍座、天秤座、人馬座之中，一共有七顆星，各有一股極細的星芒射向東方，而在處女座八號和十二號星之間交匯，呈現一剎那之間，幾乎是鮮紅色的一點。一切全是一霎間的事，不知道是不是有紀錄，以你的觀點，怎樣解釋這種異象？」

殷達在聽了之後，靜默了大約半分鐘，才道：「請你再說一遍。」

我把我看到的景象再說了一遍，他問：「你使用的是什麼設備？」

我道：「什麼也沒有，就用肉眼觀察。」

殷達博士又靜了半分鐘，才道：「朋友，我記得你告訴過我，你經常寫一些幻想小說？」

我不禁有點啼笑皆非，連忙道：「不是我的幻想，在我看到之前十來分鐘，另外一個人也看到的。我要確定的是，是……」

講到這裏，我自己也不禁猶豫了起來，因為一切都那樣虛幻不可捉摸，究竟我想確定什麼，連我自己也不知道。

我想確定什麼呢？確定這種發生在東方七宿中的異象，決定東方某地將有巨大的災難？殷達博士顯然不能幫助我。

我要確定的是異象是不是確然曾發生過，還是那只是我的幻覺。我想好了，才道：「我想確定我是不是真的看到了，不，想確定那些星座中的星，是不是有過異常的活動。」

殷達「嗯」地一聲：「我得回去查記錄，但是我可以先告訴你，要是星體的異常活動，強烈到肉眼也可以看得到，那是天體的大變動，天文台方面會接到來自各方面的報告，世上千千萬萬的人都可以看得到。」

我固執地道：「別理會這些，你替我去查一查，然後再告訴我。」

殷達爽快地答應了，我說道：「一小時之後，我打電話向你問結果。」

和殷達博士的第一次通話，到此為止，放下電話，才發現白素在我身邊。

我向白素作了一個鬼臉：「你看，人總是喜歡被別人阿諛的，我現在好像真有點受命於天的感覺，要為人間消弭災禍。」

白素被我逗得笑了起來。

白素隨即道：「如果你真要有行動，那麼，你不是受命於天，而是要和天命相違抗，天要降災，你要去對抗。」

我高舉雙手：「那未免太偉大了！」

白素笑了一笑：「我在地下室有點事要做，你真有要緊事找我，可以到地下室來，不然別打擾我。」

我想不出她有什麼事要做，她有事要做，一定有她的理由，我也不必多問，我只是打趣地道：「暫時不會有什麼事，等我要坐火箭上天，去對付那些星宿的時候，倒希望你來送行。」

白素笑了一下，自顧自下樓去了。

我喝了一杯牛奶，又在那張星空圖之前，確定了一下有七股星芒射出來的星體的位置，把它們記了下來，半小時之後，門鈴忽然響起，我直起身，就已經聽到了陳長青的聲音在叫：「衛斯理，有一椿怪事。」

我嘆了一聲，大聲道：「上來說。」

陳長青蹬蹬蹬地奔了上來，一臉興奮的神色，可是雙眼中卻佈滿了紅絲，可以看得出他一夜沒有好睡，他一上樓梯就叫：「你猜我昨晚回去之後，做了些什麼事？」

我冷冷地道：「別浪費時間了，自己說吧。」

陳長青碰了一個釘子，但是這個人有一樣好處，當他興高采烈的時候，再碰釘子他都不在乎，一樣興高采烈，他走進書房來：「我一回去就打電話，一共和世界八十六家著名的天文台聯絡過。」

我「哦」地一聲，心中大感慚愧，請他坐下來。陳長青有點受寵若驚，坐下之後，立時又站了起來：「我向他們詢問孔老頭子所說的那幾個星，是不是有異樣的活動。」

我點了點頭，表示讚許他的行動，他所做的事，比我早了一步，我一直到今早才去問殷達博士。

我十分專注地問：「結果怎麼樣？」

陳長青取出了一本小本子來，道：「三十七家天文台說無可奉告，四十四家說沒有異象，只有五家天文台，全是最具規模的，說曾有一項記錄，證明處女座、天蠍座、人馬座和天秤座的星體，曾在光譜儀上有過不尋常的記錄，但是無法查究原因。」

我深深吸了一口氣，陳長青提高了聲音：「衛斯理，那些星座中的星，正是中國古天文學上的東方七宿，孔老頭子真的鬼門道，他看到的異象，青龍七星聯芒，的確曾發生過。」

我問了那五家天文台的名稱，並不包括殷達博士的那家在內，當然，天文台對於普通的查詢，雖然作答，但只是一般的回答，不會十分詳細的。

殷達博士主持的比利時天文台，對陳長青的查詢，就「無可奉告」。我揮了一下手：「我也去問過一位天文專家，看他的答覆如何。」

陳長青說道：「其實已經可以肯定了，衛斯理，東方要有大災禍！」

看他這副悲天憫人的樣子，我真是既好氣又好笑，陳長青又搓着手：「唉，只是不知道會發生什麼樣的災禍，又不知道會發生在什麼地方。」

他這兩個問題，當然沒有人可以回答得出來，陳長青也真好發問，他又道：「衛斯理，孔老頭說你能消災，你有什麼法子？」

我沒好氣地道：「是什麼災禍也不知道，怎麼去消除？別胡思亂想了。」

陳長青把背靠在沙發上，仍是一副憂心忡忡的樣子，我嘆了一聲：「很對不起，昨天由於我自己也弄不清楚是怎麼一回事，所以，有一些事，我沒有告訴你。」

陳長青一聽，立時睜大了眼，我把我看到的情形，詳細告訴了他，他聽到一半，已經直跳了起來，團團亂轉，我又在星空圖上，把那幾顆有星芒射出的星指給他看，再用虛線表示星芒，然後，在七股星芒的交匯處，點了一點，望向他：「你對這個交匯點，有什麼意見？」

陳長青一點也沒有怪我昨天晚上不對他說，眉心打着結，在苦苦思索，突然道：「看，這個交匯點，恰好在青龍的口前。」

我點頭：「是，我昨晚已經發現，但是這說明什麼呢？」

陳長青用力搔着頭，苦苦想着，一面不住喃喃地道：「太可怕了！太可怕了！天象示警，可是我們卻參不透，不知道真正的意思。」我也由衷地嘆了一聲：「要是孔振泉不死就好了，他多少會知道一點。」

陳長青陡地屏住了氣息好一會，才道：「我想，他就是因為參悟了天機，所以才會死的。」

他在這樣說的時候，望定了我，大具「風蕭蕭兮易水寒，壯士一去兮不復返」的易水送別的味道。我又揮了一下手：「別把我看得那麼偉大，我決不相信憑一個人的力量，可以挽救一場大災禍。孔振泉或許聽過一些有關我的事，以為我可以做得到！」

陳長青忙道：「如果你可以出力，那你……」

我道：「我當然會盡力，可是如今東方七宿中這樣的異象，只是星相學研究的大好材料。」

陳長青以手加額道：「我想起來了，孔振泉說這種七星聯芒的情形，以前曾出現過兩次，我要去查所有的書，把那兩次查出來，看看究竟是什麼的災禍。」

我倒很贊成他這樣做，立時道：「我看你不必到別的地方去找，就在孔振泉的存書中去找好了，我相信全世界再也沒有第二個地方，可以有比他那裏更豐富的中國天文學書藉。」

陳長青大點其頭：「對！孔老二雖然難纏，但是我有辦法。」

他一面說着，一面用力拍着心口，表示志在必得。

和陳長青說着話，時間過得快，已快接近一小時了，我向陳長青作了一個手勢，示意他暫時保持沉默，然後撥通了電話，把電話聽筒，放在擴音器上，使陳長青也能聽到殷達的聲音。

電話一接通，就是殷達來接電話，他的氣息像是十分急促，我才叫了他一聲，他就急急地道：「衛斯理，你剛才對我說，你是肉眼看到有七顆星，分別屬於處女座……有異常的光芒發生？」

我連忙道：「是，你們天文台的儀器，記錄到了什麼？」

殷達「嗖」地吸了一口氣，又再叫我的名字：「你不可能看到的。」

我道：「別理我是不是可以看得到，告訴我有沒有發生過變化。」

在一旁的陳長青的神情，也緊張了起來，殷達道：「我們最新裝置的光譜探測儀，和電腦連結，剛才我查看電腦資料，的確，有七顆星曾有光譜上的變異，那七顆星是處女座的……」

他一串唸出了那七顆星的名字來，他唸一顆，陳長青就在那星空圖上劃一個記號，有五顆正是我早已作了記號的，有二顆則位置有一點差異。那不足為奇，我只是憑當時一霎間的印象，能夠記到大概的位置，已經算是很不錯了，何況有五顆全然正確無誤。

等他講完，我道：「不錯，就是這七顆，在處女座和十二號之間，有什麼發現？」

殷達道：「最奇怪的就是這個問題，那裏，原來有一顆七等星，但是在極短的時間內，記錄到的光度，忽然提高到三等，這種現象有可能是星體突然發生爆炸，但是在極短的時間內，卻又回復了原狀，像是什麼事都未曾發生過。」

我急忙問：「那表示什麼？」

殷達嘆了一聲：「誰知道處女座離地球那麼遠，誰知道在那裏發生了什麼事。天文學要研究的課題，實在太廣泛。不過我可以絕對肯定，我們的光譜儀所記錄到的異象，決不是任何人的肉眼所能看得到的，絕對可以肯定。」

我吸了一口氣：「我不會反對你絕對的肯定，可能是心靈感應到的。曾有一位老先生告訴過我，用心靈感應天象，比用眼去看更有用。」

殷達的聲音之中充滿了疑惑：「我不明白……」

我嘆了一聲：「那是星相學上的事，你不需要明白，對了，宇宙天體上的變化，對地球都會有一定影響的，對不對？」

殷達立時道：「對，最簡單的例子是太陽黑子的爆炸，甚至可以切斷地球上的無線電通訊。」

我用十分清晰的聲音問：「那麼，照你看來，這七顆星的光度曾起變化，和那顆七等星突然光芒大盛，這種變化會對地球發生什麼影響？」

殷達呆了半晌，才道：「朋友，你真是問倒我了，我相信全世界的天文學家，都連想也未曾想到過這個問題，那是占星家的事。」

我忍不住道：「古代的占星家就是天文學家，比近代的天文學家，所知似乎更多。」

殷達提高了聲音表示抗議：「當然不對！」

我道：「你剛才承認，任何星體的變化都可以影響到地球，只不過不知是什麼影響，那是科學上的空白！」

殷達道：「你究竟怎麼知道有這種事的？據我知道，全世界除了我們天文台之外，另外只有五家天文台有同樣的設備，可以從光譜儀上，測度這種變化。」

我道：「對，那五家天文台，在答覆公眾的詢問上，比你的天文台好得多了。」

殷達顯然一時之間，不知道我這樣說是什麼意思，我也沒有作進一步的解釋，就向他說了再見，放下了電話。

放下電話之後，我和陳長青互望着，不知道說什麼才好。本來，事情十分無稽，可是如今，天文台最新的探測儀器，卻記錄了這種變化。而這種變化絕不是肉眼所能觀察得到，可是我卻清楚地看到。

不但我看到，孔振泉也看到，孔振泉不但看到，而且可以知道那是什麼樣的災禍，難道真的在浩渺的宇宙之中，有着什麼不知名的星星在影響着他和我？

我感到特別虛幻，是因為我對這種「星體影響」連概念也沒有。是這種星體上有着高級生物運用他們的智慧在影響地球人？還是星球本身的一種放射能量，或是其他的因素，在影響着地球人？

被影響的地球人是選定的？還是偶然的？受不同星體影響的地球人就與眾不同？他們的行為又可以去影響旁的地球人？

這一切疑問，沒有一個有半分現實意義。

我呆呆地坐着，看到陳長青在那幅星空圖上，畫來畫去，喃喃自語：「把東方七宿想像成一條龍，倒真是不錯，看，聯結起來的虛線，的確可以提供這樣的想像。龍是什麼的象徵？」

我被他聒噪得心煩，大聲道：「你靜一靜，少說點話，多想想好不好？」

陳長青靜了一會，忽然道：「嫂夫人呢？她的意見往往十分中肯。」

我悶哼了一聲，不理會他，他又自顧自道：「龍，可以象徵一種力量，一種強大的力量，從龍的各部分射出的星芒，代表了龍體中力量的結合，這七股星芒的交匯點是在龍口部，那表示……」

他講到這裏，猶豫了一下，沒有再說下去。我起初當作他在胡說八道，但是聽下來，他的話倒也不乏想像力，所以我接上了口：「這表示一股強大的力量，要把什麼吞沒。」

陳長青用力一拍桌子：「對，一股強大的力量，要吞沒什麼，可是，那怎麼會是巨災呢？」

我道：「怎麼不是巨災，譬如說海嘯，海水吞沒了一切，那還不是巨災？」

陳長青望着我：「我不認為巨災會是海嘯，因為那是任何人阻攔不了的災禍。」

我道：「我沒說過我可以阻擋災禍，再聯想下去，龍象徵的強大力量，在中國來說，是來自高層結構的一種力量，皇帝通常是用龍來象徵。」

陳長青點頭：「有點意思，東方還有什麼皇帝，日本天皇？」

他講到這裏，我陡然一怔，突然之間，想到了什麼，陳長青的神情和我一樣，很明顯，他也在突然之間想到了什麼。

我們兩人互望着，幾乎在同時開口：「龍，也可以象徵在東方的一股強大力量。」

陳長青搶着說道：「一股強大的力量，那是指……指……指……」

他一連說了三個「指」字，沒有再說下去，我也沒有說下去，大家又保持着沉默，然後我才道：「那麼要被吞噬的是……」

我們都皺着眉，沒有答案，我陡然一揮手，嘆了一聲：「我們在這裏胡亂臆測，是沒有意思的，不如去實際進行點工作，走，我和你一起找孔振源去，在古籍中去找上一次七星聯芒，結果發生了什麼災禍，那就比較容易推想一些。」

陳長青本來就有點怕一個人去見孔振源，一聽我肯和他一起去，很是高興。我和他一起下了樓，在通向地下室的樓梯上，我看到地下室的門關着，我大聲叫：「我和陳長青到孔家去。」

白素的聲音從地下室中傳了出來：「好。」

我和陳長青到了孔家，孔家正忙着辦喪事，孔振源一見了我們，一副不歡迎的樣子，我相信要是陳長青一個人來，一定一見面就叫他攆了出來。

我說明了來意，他搖頭道：「我看不必了。」

我不禁苦笑，幾天之前，他在大雨之中，苦苦求我，現在，變成我求他。我道：「這是孔先生的遺願，他生前要我去做點事，你也知道的，我一定要替他做到，你不想令兄在九泉之下怨你不肯合作。」

抬出了孔老大的招牌來，果然有效，孔振源的神情十分勉強，但總算點了點頭，他允許我和陳長青到孔振泉的房間中看書，但是：「千萬不能在屋子中隨便走動。」我們的目的已達，自然也不再去理會他的限制，連聲答應，就進了孔振泉的房間。

第七部

查到了七星聯芒的凶象所主和不知道白素在幹什麼

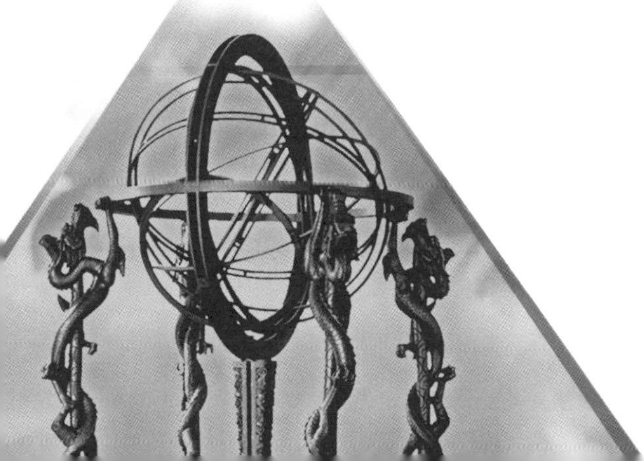

接下來，一連七天，我們飲食自備，我和陳長青兩人，一直在孔振泉的房間中查看着各種天文書籍。陳長青當了孔振泉一年僕人，沒有白當，他對古代天文學的知識，比我豐富了不知道多少。孔振泉的書實在太多，要詳細全部看完，至少要十年八載。

陳長青的知識豐富，就有好處，至少，他可以知道哪些書有用，哪些書根本連翻也不必翻。我把這一部分工作留給陳長青，而我則專門看孔振泉的紀錄。

孔振泉留下來的他對觀察天象所作的紀錄之多，驚人之極，足足有三十書櫃，他的字迹又草，龍飛鳳舞，有時，字小得要用放大鏡，有時，每一個字又像核桃那麼大，估計他大約自二十歲起，開始有了記錄觀察所得的習慣，一直到逝世，超過七十年的記載，所用的名詞、字句又全生澀不堪，七天看下來，簡直看得頭昏腦脹。

但是卻也大有收獲，我發現，孔振泉不但對前人所知的星象主吉凶，有極熟悉的記憶，他還有許多獨特的見解。事先的占測得到了證實，再加以確定。

例如，在丙子六月初四（一九三六年），他記下了這樣一條：「太歲西移，東有星閃爍，又數見流星在太歲西，主有兵凶，由東至西，中國其將有大兵燹乎？」

在第二年，丁丑六月，抗日戰爭全面爆發，他記着：「一年之前，太歲西移，所主兵凶，應於此，大兵燹果然應天象而生，太歲來自東，此日本兵西移之兆也，痛乎早不知之。」

他說「痛乎早不知之」，實在令人有點啼笑皆非，就算早知道了，有什麼辦法？「太歲」就是木星，我相信「太歲西移」，大約是木星在它的運行軌道上，在向西移動，可以從地球上觀察到的一種現象，那麼，就算「早知」，又有什麼用處？難道可以把木星向西移的軌迹推而向東嗎？

在這場大戰之前，孔振泉倒確然作了不少預測，他也測到：「東有大凶」，指日本的侵略野心家。

可是，在抗日戰爭勝利之後，卻有好幾年，他沒有留下什麼紀錄，只有一條堪稱令人吃驚：「填星出現陰影，大凶，主一大將，死於非命。」

後來，在三個月之後，加註着這一條：「戴笠墜機。」

這的確很令人吃驚，戴笠是什麼人，年輕朋友可能不清楚，他是中國近代史上一個十分出名的情報工作首領，有着將軍的頭銜，在南京附近墜機身亡，而孔振泉在三個月之前，就在星象之中，看到了會有這樣的事發生，只是他不知道會應在哪一個人的身上。

我愈翻閱他的記錄，愈覺得從星象來占算推測，可以科學化，有一定的規律可循，而孔振泉觀察功夫之細，也令人嘆服不已。

可是七天下來，我和陳長青兩人，還是未曾找到我們要找的資料。

在這七天之中，我和白素相見的時間極少，她一直在地下室中。那天我半夜回去，恰好碰到她從地下室出來，我大是好奇，問道：「你究竟在幹什麼？」

她用挑戰的語氣道：「你推門去看一看，就可以知道我在幹什麼了。」

我「哈」地一聲：「你以為我猜不到，唉，我第一次見孔振泉的時候，如果對星相學知道得像現在一樣多，我就可以知道他講什麼了，難怪他會對我失望，以為我是假冒的衛斯理。」

白素笑道：「你還不知道我在幹什麼。」

我笑說道：「我一定會猜得到的。」

白素有點狡猾地笑了一下：「其實，你如果稍為注意一下，早就可以知道我在幹什麼了。」

我感到十分尷尬，因為白素分明是在說我的注意力太差，所以才不知道她在地下室幹什麼，我攤了攤手：「真是，這七八天，被孔振泉的那些觀察天象的記錄，弄得頭昏腦脹……」

我接下來，向她講述了幾則有關孔振泉的記錄，白素用心地聽着，中間表示了一下她的意見。在講述的過程之中，我仍然在轉着念，想知道白素在地下室幹些什麼。有什麼事是需要她長時期工作的？我在孔振泉房間裏已經七八天了，她的工作還沒有完成。

可是這時候，我根本無法集中力量去想，因為我一集中思想，想的幾乎全是天上的星星和那些星的中國名稱和西方名稱。

我又說了一些話，高舉雙手，表示投降：「好，我猜不出。」

白素微笑道：「好，給你一點提示，家裏面少了什麼東西？」

我呆了一呆，我的注意力還不至於差到這種程度，家裏少了什麼我都會不知道？我立時四面看了一下，實在什麼也沒有少，我只好道：「好，再給我一天時間，我一定能知道你在幹什麼。」

白素沒有表示什麼，我知道白素這樣提示，少了的一定是十分明顯的、大件的物事，不會是什麼放在抽屜裏的小東西。

可是，一直到第二天早上，陳長青來按鈴，又約我一起到孔振泉家去之前，我還是未曾發現少了什麼。白素早已把她自己關在地下室，在進行她的「工作」了。

這一天，和以前七八天一樣，我和陳長青翻閱着記錄和書籍，我發現了相當重要的一條，特地用另一種紙張寫着，夾在大疊記錄之中，我一看就被吸引的原因是因為上面提到了東方七宿。

字條上寫着：「東方七宿，主星青龍三十，赤芒煥發，主大禍初興，而雲氣瀰漫，大地遭劫，生靈塗炭，亦自此始。三十主星之間，星芒互挫，主二十年之內，自相殘殺，血流成渠，庶民遭殃，悲哉悲哉！」

在這幾行大字之旁，還有一行小字注着：「天輔暗而復明，另有太平盛世見於東方，真異數也。」

孔振泉的記錄，大多數文字十分晦澀，要人費一番心思去猜，這兩段文字也一樣，不知道真正在說些什麼。似乎是說，東方七宿三十顆主要的星，忽然一起起了變化，那是人間大禍臨頭，生靈塗炭，而且災禍十分驚人。但是又有着轉契，在東方，就在房宿之下的天輔星官，先暗後明，卻又有太平盛世的異數，這不是自相矛盾嗎？我看了幾遍，對其中的含義，只能隱約領悟一些，我把陳長青叫了過來：「你過來看看，這兩條提到了東方七宿，是不是有特別的意義？」陳長青拋下手中的書本，轉過身來，皺着眉道：「好像不很容易明白。天輔……的位置，是在整條青龍的腹際，那說明什麼？」

我道：「生靈塗炭和太平盛世共存，這種矛盾的說法，似乎也很難理解。」

陳長青把紙條翻了過來：「看，後面另有記載。咦，好像他推算了東方七宿中三十顆主星的影響。」

我忙向他手中的字條看去，只見有幾行十分潦草的小字，要仔細辨認，才能認得出來，我和陳長青逐字辨認着，有三個字，無論如何認不出是什麼，但那倒無關緊要，因為整個句子的文理，已經弄清楚了。

孔振泉用極潦草的字迹所寫下的句子是：「費時一載，占算東方七宿三十主星氣機所應，所得結果，實為天機，已……藏於最妥善處，見者不祥，惟在日後，七星有芒，方可一睹。其時，生死交替，不復當年矣。」

我和陳長青看了，不禁呆了半晌，我首先打破沉寂：「這段話的意思很明白：三十顆東方七宿的主星，影響了三十個人的行為，他連那三十個人是什麼人都推算出來了，列成了一張名單，只不過『見者不祥』，所以他把名單密藏了起來。但如今已到了他所說『七星有芒』的時候，名單應該可以出現了。」

陳長青心急地道：「在哪裏？」

我道：「耐心找，一定可以找得到的。」

有了這個發現，我和陳長青兩人都大是興奮，可是接下來三天，卻一點也沒有發現。

到了第四天，白素究竟在幹什麼，我還沒有猜出來，而陳長青在翻查古籍方面，倒又有了新的發現，而且，正是「七星聯芒」的那種異象，那是一本十分冷門的書，連書名也沒有，而且還是手抄的，真不知道孔振泉用什麼方法弄來這種書。這本書中有這樣的記錄：「建初三年戊寅七月，白虎七宿，七星聯芒，匯於極西，大凶，主極西之地，一年之後，毀一大城，無有能倖免者。」

陳長青一看到了這段記載，就大叫了起來：「看，七星聯芒的星象，原來是大凶之象，是表示有一個大城市要被毀滅。」

我忙也看了一下：「是啊，那次是西方七宿的七星聯芒，一個西方的大城市要毀滅，建初……建初……那是什麼皇帝的年號？」

陳長青翻着眼道：「中國歷代皇帝那麼多，所用的字眼又差不多，誰能記得那麼多？」

陳長青所說的倒是實情，除了幾個著名皇帝的年號之外，誰能記得那麼多？我一面想着，一面翻找着可以參考的書，找到了，急急查看。建初這兩個字不知道有什麼好，居然有三個皇帝用它來作為年號：東漢章帝，後秦姚萇，西涼李嵩，年代分別是公元七十六到八十四年，公元三八六到三九四年，公元四〇五到四一七年。

看到西方七宿七星聯芒的日期，是「建初三年戊寅七月」，一年後，西方一個大城市將有全城毀滅的大災禍，那麼，這個大災禍發生的年代，一定是在下列三個年份之一：公元七十九年，公元三八九年和公元四〇八年。

我和陳長青把這三個年份，列了出來，我先指着「公元七十九年」這個數字，道：「公元七十九年，不免太早了吧，那時候，西方不見得會有什麼大城市可以供毀滅——」

我才講到這裏，陳長青突然露出了一股古怪之極的神情，喉際也發出了「咯」的一聲響。

我一看到他這種樣子，就知道他一定想到了什麼，是以怔了一怔。而就在一怔之間，我也突然想到了，一時之間，我雖然看不到自己，但是我相信我的神情一定和陳長青一樣古怪，因為我的喉際，也不由自主，發出了「咯」的一下怪聲。

而且，我和陳長青不約而同，先吸了一口氣，然後又一起驚嘆：「天！」

那真值得驚嘆，因為我們都想起了公元七十九年，在西方發生過什麼事，那是人類歷史上極其著名的一個大慘劇，當時，羅馬帝國全盛，龐貝城是當時世界上有數的大城市之一，公元七十九年八月，因為維蘇威火山爆發，全城被火山熔岩和火山灰淹沒，毀滅於一旦，全部人口無一倖免。

公元七十九年八月，是建初六年（東漢章帝建初三年）七月，觀察到了西方七宿七星聯芒之後的一年。

七星聯芒，大凶，主一個大城市毀滅。

而東方七宿七星聯芒，當然也主大凶，表示東方有一個大城市要毀滅，就在這種異象發生之後的一年，這個大城市的毀滅，就會實現。

在公元七十九年，龐貝城的毀滅災禍之中，喪失了多少人命，已經全然無從查考了，但在當時，一個城市再繁華，聚居的人，只怕也不會超過十萬人。而如今的大城市，動輒聚居了數以百萬計的居民，如果整個城市遭到了毀滅的命運，那真是不堪想像的大災禍。

難怪孔振泉在觀察到了這種七星聯芒的異象之後，要聲嘶力竭地叫嚷「生靈塗炭」，要聲嘶力竭地阻止這種大災禍的發生，激動得終於死去。

我迅速而雜亂無章地轉着念，心中只有一種感覺：極度的震撼和恐懼。

本來，我並不十分相信地球上的人和事受來自天體的神秘力量影響，但是近十多天來，看了孔振泉的那麼多記錄，我已相信，在浩淼無邊的星空中，在億萬顆星體上發生的變化，都有可能影響地球上的一切「行動」。這種「行動」，從潮汐的漲退，無線電波的傳送，一直到地球上生物的行動，人的情緒的變化，等等，幾乎地球上一切行動，都包括在內。

心理學家早已證實了月亮的盈虧，對人的心理、情緒有一定的影響。或許有人會說：月亮是離地球那麼近的一個星體！對，可是也別忘了，月亮在星群之中，是那麼小的一個星體，渺小得在整個宇宙之中，幾乎不值一提。

陳長青更加被這個發現震動得講不出話來。我抬頭向他看去，他張大了口，額上沁出汗珠。

過了好一會，我才講得出話來：「已經查明白了，七星聯芒，主一個大城市毀滅。」

陳長青先在喉際發出了一連串的怪聲，然後才道：「是……哪一個城市？」

我也在想這個問題，東方的大城市相當多，這種凶象，會應在哪一個城市身上呢？我還沒有回答，陳長青又用相當尖銳的聲音道：「東京！我看是日本的東京。」

我吸了一口氣：「一九二三年的關東大地震，早就有地質學家指出，大地震六十年一個循環，一次比一次強烈，算起來，時間倒正是明年……難道整個東京，會在大地震中毀滅？」

陳長青喃喃地道：「無一倖免，無一倖免……東京現在有多少人？」

我苦笑了一下：「白天超過一千萬，晚上大約是六成，這場大地震……會在一年之後發生。」

陳長青抹了抹汗，神情忽然有點古怪：「孔振泉和日本人有什麼關係？為什麼他要聲嘶力竭，求你去拯救日本人？」

我聽得他這樣講，啼笑皆非，用力揮着手：「你從頭到尾把我看得太偉大了，就算我們確定了一年之後，東京大地震，整個毀滅，我有什麼法子使得地震不發生？」陳長青望着我，點頭道：「是啊，你再神通廣大，只怕也沒有這個能力。如果你到日本去，開記者招待會，公開這件事，要日本人在一年之內，迅速放棄東京，作全民疏散——」

陳長青講到這裏，我已忍不住喝道：「住口，你在胡說什麼？我們兩個人如果這樣做，唯一的結果，就是被日本人關到神經病院去。」

陳長青嘆了一聲：「說得對，不會有人相信的，就像是我們居住的城市，如果忽然來了兩個人，說一年之後，整個城市要毀滅，趕快逃走吧，誰都會把這種話當耳邊風。」

我道：「是啊，所以我們就算知道了，也一點辦法都沒有。」

陳長青的神情有點滑稽：「至少可以通知所有相熟的人，明年那個時候，不要到東京去。」

我揮手：「去你的。」

我們兩個人都靜了下來，望着孔振泉生前所睡的那張大牀。

當晚，在大雨之中，我被孔振源帶到這個垂死的老人面前，老人所講的話，當時的情景，又一幕一幕在我腦海之中浮現了出來。

當時，我對他講的話，一點也不明白，在經過了一連串經歷之後，現在回想起來，他的話有一大半是可以理解。

要去理解孔振泉的話，其實很容易，只要相信真能靠星象預測地球上將發生的事就行。

我雖然已經相信了星相的正確性，但是孔振泉的話，還是不可理解，他一見到我的時候就嚷叫：「阻止他們！阻止他們！」

同樣的話，他重複了不少次，都是要求我去「阻止」一些事。

阻止什麼呢？我到現在還不明白，阻止東方七宿中的七顆星發出異色星芒？令那七股星芒不要交匯在一點？知道了有一種力量要毀滅一個大城市，去阻止這種力量的發生？

他比我早看到了東方七宿七星聯芒的異象，當時他就慘叫「不得了」、「大災大難」，又曾叫「他們要降災，你一定要去阻止他們」。

這更不可理解了，我無論如何沒有能力去消滅大災禍。

當我皺着眉在想着的時候，陳長青忽然道：「衛斯理，不對。」

我抬頭向他望去，他先吸了一口氣：「恐怕不是東京會發生大地震。」

我問：「你又想到了什麼？」

陳長青道：「孔振泉曾叫嚷着要你去阻止他們，你記得不？要是災象是指東京會發生大地震，你無法阻止。」

我嘆了一聲：「當一種災禍要使大城市毀滅，不論那是什麼力量，都無法阻止。」

陳長青遲疑着，我道：「我們不妨設想一下，有多少種力量，可以使一個大城市毀滅，使住在這個大城市中的人難以有倖免？」

陳長青「嗯」地一聲：「地震，火山爆發，海嘯。」

我道：「這三者全由於地殼變動而引起，是超級巨大的變動。」

陳長青道：「至少，那是能使大城市毀滅的力量，還有，如果是超巨級的旋風……」

我搖了搖頭，旋風能摧毀一個城市的部分，決不能把整個城市席捲而去。

陳長青又説道：「核武器的襲擊。」

我震動了一下，是的，核子武器的襲擊，但那也得是大規模的核武器襲擊。

大規模的核戰爭，又豈止是毀滅一個在東方的大城市而已，那麼，是什麼呢？核電廠的意外爆炸？

我一面想着，一面道：「有這個可能，看來就是這幾種力量了。」

陳長青道：「自然的力量，都不是人力所能挽回的，任何人不能，只有人為的力量，能才用人的力量去阻止，難道真是核戰？」

我沒有回答，心中在想的是，即使是核戰，我又有什麼力量去阻止？大量帶着核彈頭的火箭，飛向一個城市，這個城市就註定被毀滅了。

陳長青嘆了一聲：「唉，想不出還有什麼別的可能了，你有什麼意見？」

我只是聳了聳肩：「我們要查的事，已經有了答案，可以不必再來了。」

陳長青有點依依不捨：「這裏的藏書那麼多，我真想好好看上幾年。」

我作了一個「請便」的手勢，向外走去，離開了那間房間，在走下樓梯的時候，看到孔振源走過來，我陡地想起，他們兩兄弟感情很好，孔振源對星相學雖然沒有興趣，但他的哥哥一定曾和他提起過什麼，只要他記得，覆述出來的話，就很有參考的價值。

所以，我向他走去，道：「孔先生，能抽點時間和我談談麼？」

孔振源皺了一下眉，但還是點了點頭，陳長青這時，從房門口探出頭來，叫着我，我向上指了一指：「就到令兄的房間去如何？」

孔振源沒有反對，我們又一起走了上去，孔振源看着房間中的一切，神情十分傷感，忽然道：「那個箱子，你打開來看了沒有？裏面有什麼？」

我有點懊喪：「開了，什麼也沒有……」

我「啊」地一聲，突然之間，知道這些日子來，白素在做什麼了。

第八部

陳長青的星象和人生的新理論

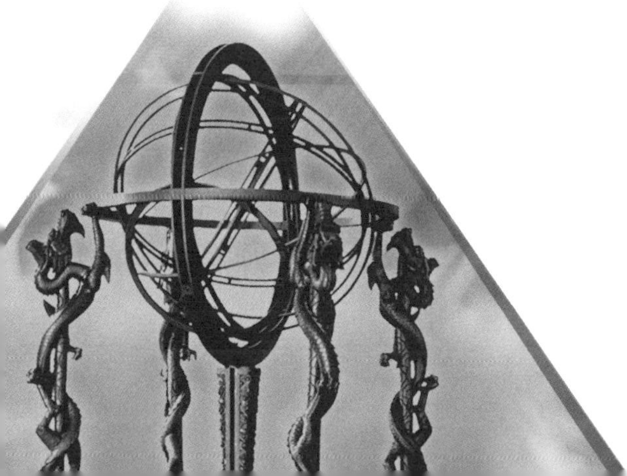

孔振源提起了那個黑漆描金箱子，使我想起了這十多天來，白素躲在地下室中，在做些什麼：她在對付那些九子連環鎖！白素有時會有很奇怪的想法，我用最直接的方法拉脱那些鎖，發現大箱子中是小箱子，小箱子中是更小的箱子，而最小的一個箱子內又空無所有，白素曾説，孔振泉把這些箱子，用那麼複雜的鎖鎖起來，另有用意。

當時，她表示應該耐心地去解開這些鎖，而不是用我所用的辦法。

這種想法就十分古怪，箱子裏面如果是空的，不論用什麼方法打開它，還是空的，用斧頭劈開，或是用鑰匙打開，結果一定一樣。

但是白素卻不相信這個如此簡單的道理：她一定在當晚，就把被拉脱了的鎖扣，再裝上去，然後，逐個逐個去打開那些鎖，看看結果是不是會不同。她曾提示過我，問我少了什麼東西，那個箱子不見了，由於根本是一個空箱子，我對之已沒有興趣，所以也一直想不起來。

直到這時，我才知道她在幹這樣的傻事，不知道現在她已經弄開了幾把鎖了？那種九子連環鎖，本來就十分複雜，到最後一具，小得要用鉗子來操作，要弄開它，不知要費多少功夫！

我決定一回去，便告訴她我已知道她在幹什麼，並且勸她不必再幹下去了。

當下，孔振源聽了我的回答之後，神情十分訝異：「箱子裏什麼也沒有？」

我攤了攤手：「是的，不，箱子中是箱子，從大到小，一共是九個，每一個都有一個九子連環鎖鎖着，打開了最小的一個箱子，裏面什麼也沒有。」

孔振源的神情更是古怪：「真是，家兄行事，真是鬼神莫測。」

陳長青插了一句：「我不相信你那麼快就弄開了鎖。」

我笑道：「箱子是我的，我自然不會有耐心慢慢去解鎖，我……」

我作了一個把鎖拉斷的姿勢，陳長青大不以為然地搖頭：「衛斯理，你這個人真是煞風景到了極點，你沒想到孔老先生這樣做，是有道理的嗎？」

我笑道：「當然有道理，就是想引你這種懂情趣的人去浪費時間。」

陳長青一臉悻然之色。

孔振源坐了下來，我向他簡單地解釋了一下我們的發現，他聽得十分不耐煩。

等我講完，他呵呵笑了起來：「家兄也真是，衛斯理，我看你沒有能力可以挽回一個城市的浩劫。」

我攤着手：「當然沒有，但是我們想知道進一步的資料。孔老先生生前所講的話，有一些你以為並無意義，但可能十分重要。」

孔振源立時搖頭：「我不能幫你，他講的那些話，我根本聽不懂，如何記得住？」

我道：「這倒是真的，不過……你曾說過，他要見我，是很早以前的事情了，他要你找我，總得說個原因吧！那時候他的談話，你是不是還記得？」

孔振源皺着眉，想了一想，才道：「他第一次提起你，還是江星月老師還在世的時候，有一次江老師來看他，兩人講着，他就把我叫了去……」

孔振源又想了片刻，才說出當時的情形：當時，孔振泉半躺在牀上，江老師坐在牀邊，孔振源一進去，孔振泉就道：「有一個人叫衛斯理，你找他來見一見我。」

孔振源知道他哥哥的脾氣，講話顛三倒四，今天講了，明天就會忘記，但是不答應卻又不行，所以連聲答應。

孔振泉吩咐完畢，自顧自和江老師在講話，孔振源對他的哥哥十分尊敬，不敢立刻退出去，又站了一會。

他聽得孔振泉道：「東方七宿，星芒才現，但遲早會聯芒，屆時將大禍降生！」

江老師長嘆一聲：「天行不仁，奈蒼生何？」

孔振泉道：「依我看，這次大禍，如果所託得人，還有一線轉機。」

江老師喟嘆着：「是啊，那位衛先生，他是一個奇人，希望那顆救星，應在他的身上！」

孔振源講到這裏，向我望了一眼：「我聽到這裏，就退了出去。」

陳長青一躍而起，指着我：「聽！雖然七星聯芒，大禍在即，但是他們兩位，早就看出有了救星！那救星可能應在你的身上！」

我苦笑着，指着自己的頭：「看仔細點，頭上是不是有五色雲彩冒起來？」

陳長青又碰了一個釘子，賭氣不再説什麼，我問孔振源：「後來有沒有再提起過我？」

孔振源道：「果然，他第二天就忘了，而且我也根本不知道你是誰，該上哪裏去找你，也就放下不理。」

孔振源道：「他每隔一個時期，會催我一下，我都敷衍了過去，到了最近，他健康愈來愈差，催得更急，那天我忽然聽到有人叫你的名字，就向你提出了要求。」

我感到十分失望，停了片刻，再問：「江老師死了之後呢？」

孔振源「哦」了一聲：「對，江老師出殯那天，他堅持要到靈堂去，勸也勸不聽，坐了輪椅，我一直小心地陪着他，在江老師的靈前，呆了許久，江老師是他唯一的朋友，自然他很傷心。」

我提示着：「那麼，他對江老師的遺體，是不是講了些什麼？」

孔振源點頭：「是，他呆了好一會，才叫着江老師的名字，說：『你倒比我先走，現在只有我一個人知道大禍將臨，除我一人之外，誰能看到七星聯芒異象的，吉星便應在此人身上。』就是這麼兩句。」

孔振源講來很平淡，可是我卻大為震動，陳長青更是指着我的額角：「你聽到沒有，你是吉星，和凶象對抗的吉星。」

這時我突然感到了極度的疲倦，一件我根本不可能做到的事，硬派在我的頭上，而且這件事還是這樣虛無而不可捉摸，真令人心底感到疲倦。

我用力撫着自己的臉：「我才又想到一個整座大城市毀滅的可能。」

陳長青張大了嘴，我道：「如果有一顆小行星忽然脱離了軌迹，衝向地球，那麼即使這顆小行星的體積，只有直徑一公里，也足以令到一個大城巿徹底毀滅。」

陳長青囁嚅地道：「即使再小一點，也足以造成驚人的破壞力。」

我攤着手：「那麼，你叫我怎麼辦？像電影中的『超人』，一面叫着，一面飛上天去，雙手托住那顆小行星，把它送回軌迹去？」

陳長青無話可説，但是他真正固執得可以，喃喃道：「總之……你是吉星……只有你看到了東方七宿中七星聯芒的異象，或許……那是另外一種形式的破壞力量，你可以阻止。」

我的聲音聽來更疲倦，但是我還是用了十分堅決的語氣道：「從現在起，我決定忘記這件事，把它當作是一場噩夢。」

陳長青怔怔地望着我，我已轉過頭去向孔振源道別，陳長青追了出來：「如果我想到了什麼破壞力量，你……」

我嘆道：「不要浪費自己的腦力，還是那句話，一種力量，如果能夠毀滅一個大城市，那就決不是一個人的力量所能阻止的。」

陳長青道：「誰說一定是要你一個人的力量去阻止？也有可能是從你開始，發動起一股力量來，與毀壞力量相對抗。」

我緩緩地吸了一口氣，陳長青的話，倒不是沒有道理的，我想了一想：「好，我們不妨再努力找找看是什麼樣的破壞力量。」

我説着，又拍了拍他的肩：「看起來，吉星是你，不是我。」

陳長青十分嚴肅，一本正經地道：「那也沒有什麼稀奇，地球上有很多人，都受着億萬星體的影響，我想，那是由於人腦中有一種特殊的能力，每個人的這種能力又各自不同，億萬星體放射出來的億萬種不同的射線之中，充滿了不同的能量，可以和哪一個人的腦部活動相結合，就會影響這個人的腦部活動，決定他的才能、思考、活動，甚至性格。」

這時候，我和他已經走出孔家的大宅，我聽得他忽然講出了這樣有系統的一番話來，也不禁肅然起敬，「嗯」地一聲，表示同意：「你這種說法，十分新鮮，人與人之間，性格不同，才能有異，本來就神秘不可思議，現代科學無從解釋，天才從何而來？性格由什麼來決定？你用不同的人，受不同星體的放射能量影響來解釋，真是創舉。」

陳長青高興之極，聲音也高了不少：「是啊，你想想，莫扎特四歲會作曲，愛迪生一生之中發明了幾百種東西，愛因斯坦的相對論一直到現在還是科學的尖端。有的人天生是政治家，有的人天生是科學家，有的人庸庸碌碌，有的人光芒萬丈，全是不同的人，受了不同星體影響的結果。」

我拍了拍他的背：「要是兩個人性格相仿，才能相類，那就有可能是同一個星體，影響了兩個人。」

陳長青道：「我想是這樣。這是我一年多來研究所得，而且，我相信一個人接受星體的影響，從這個人一離開娘胎就開始。當這個人來到人世，宇宙星體運行情形起着決定作用。」

我緩緩地道：「你這樣説法，也簡略地解釋了何以根據一個人精確的出生時刻，可以推算出這個人大致命運的這種占算法。」

陳長青更是興奮：「可以支持我理論的事實還是很多，西方人把人的出生月日，分成十二星座，他們早就發現醫生、藝術家等等，大家屬於同一星座。」

那時正是下午，我抬頭向天，自然一顆星也看不見，我的心中十分感嘆。就算是在晚上，我們抬頭，望向星空，可以通過肉眼看到的星星，只怕不過是實際上宇宙中星體的億分之一，宇宙中的星體數字，自然遠遠超過四十億地球人的數目。每一個人，可能有時還不止受一顆星體的影響。

陳長青知道我在想什麼：「當然，我想不是每一個人都有幸可以受星體影響，在非洲深山中的土人，就未必有，但是非洲部落中出眾的人物，如巫師、酋長、出色的獵人、戰士，他們為什麼會特別出眾呢？自然有某種神秘力量，給他們才能。」

我來到了車邊，請陳長青先上車。

陳長青進了車子，還在起勁地道：「以前，有很多問題我想不能，譬如說人的命運，就奇妙之極。以中國過去的情形來說，譬如說打仗了，一條村的農民，一起去當兵，為什麼十年八年下來，有的早就打死了，有的當來當去是小兵，有的卻成了將軍元帥？命運，其實也由星體的影響而來。」

我望着他：「你創造出了這種新鮮的論點，當然也是由於某個星體的影響了。」

我這時那樣說，一點譏嘲的意思也沒有，陳長青不敢妄自菲薄：「自然是，人的一切活動，皆源於此。只是我不知道那是一顆什麼星，或許離地球有幾百萬光年那麼遠。」

這種「星體的神秘放射力量影響人腦活動論」當然無法有什麼確切證明，但是恰如陳長青所說，可以解釋人的命運、才能、氣質、活動的來由。

我駕着車，送陳長青回去，陳長青還叮囑了我一句：「別忘了你是這次七星聯芒大凶象的吉星。」

我只好順口答應，直駛回家，一進門，我就直趨地下室的門口，大力敲着門：「你不必浪費時間去弄那些鎖了。」

我連叫了兩次，聽不到白素的回答，我還以為她不在地下室中了，我去推門，發現門鎖着，我又叫了兩聲，才聽到「卡」一聲，門自裏打開，開門的正是白素。

我一眼就看到，好幾個黑漆漆描金箱子，放在地下室的中間，一共有九個，箱蓋都打開着，看起來，白素已經完成了她的「壯舉」，連最小的那個箱子上的九子連環鎖，都給她用正確的方法打開了。

我也看到，在一張桌子上，全是大大小小的白銅鑄成的圓環，那自然是從鎖上解下來的，每一具九子連環，一共有十八個銅環，八個鎖就有一百四十四個大小不同的銅環，大的直徑有五公分，小的還不是十分之一。我搖着頭：「真偉大，你找到了什麼沒有？」

我一面向白素看去，一看之下，不禁陡然吃了一驚。剛才我在門一打開的時候，就注意箱子、銅環，並沒有注意到白素。

直到此際，我才看到白素的神色蒼白，一手按着桌子，幾乎連站都站不穩，分明是受了極度的震撼。我一驚之下，連忙四面看去，想弄清楚是什麼令到白素的神態如此反常。因為要令到白素露出這種震懾的神情，那一定是非同小可的事。

可是我一看之下，卻並沒有什麼足以構成威脅的人和現象。

我心中陡然一動，忙問：「你真的在箱子之中，發現了什麼？」

照說這是不可能的事，大大小小的箱子，每一個我都打開過，空無一物，既然是空箱子，不論用什麼方法打開，始終是空箱子，我堅信。

白素迅速地鎮定了下來，不過她的聲音還是不十分正常：「不，我並沒有在箱子之中，發現什麼。」

我走過去，握住了她的手，她略避了一下，可是並沒有掙脱，她的手，竟然是冰涼的，這更令我驚駭莫名，我把她輕擁在懷中，連聲問：「發生了什麼事，發生了什麼事？」

她把頭靠在我的肩上，呼吸漸漸正常，過了片刻，她抬起頭，掠了掠頭髮。這時，在她的臉上，已再也看不到驚惶的神情了。

她先望了我一下，看到我因關心她而一臉驚惶，反倒微笑着安慰我：「別緊張。」

我忙道：「你沒看到你剛才的情形，你的手到現在還是冰涼的，發生了什麼事？」

白素低下頭去：「有了一些發現，但是我還不能確定是什麼，請你不要再問我，等我自己有了點頭緒，再告訴你，好不好？」這真是要命之極。白素明知我性急如焚，最藏不得啞謎，可是她卻又不說。而我又知道，白素如果說了叫我別再問她，那就是說，無論怎樣問，都不會有用。

我呆了一呆，哀求道：「先說一個大概，總可以吧。」

白素嘆了一聲：「如果我自己知道一個大概，那就告訴你了。」

我再向地下室看了一眼，除了打開的箱子之外，一點特別也沒有，看白素的身上，也不像有什麼特別可以令人震撼的東西藏着。

我可以立即肯定，白素有了一點發現，那發現令她震驚，就是在我回來之前一剎那的事，那麼，她的發現自然來自那些箱子。

我向那九個大小不同的箱子，望了一眼，白素嘆了一聲：「不要花時間在那些箱子上。」

我笑了一下，盡量想使氣氛輕鬆一點：「此地無銀三百兩？」

白素又嘆了一聲：「隨便你，你不明白……」

她講到這裏，頓了一頓，忽然轉變了話題：「今天怎麼那麼早就回來了，有了發現？」

我立時道：「是的，大發現。我們交換互相之間的發現，如何？」

我走過去，踢過來幾塊大墊子，拉着白素坐了下來：「我和陳長青在記載中，發現公元七十八年，有過一次七星聯芒的記錄，預兆着一年之後，一個大城市的毀滅。」

白素只想了幾秒鐘，就「啊」地一聲：「龐貝城！」

我道：「是，所以，這次東方七宿顯示了七星聯芒的異象，就有可能是預兆着……」

白素緩緩地接下去：「東方一個大城市的毀滅。」

我移動了一下身子，使自己半躺得舒服些，又把孔振源的話，和我與陳長青的討論，以及陳長青的新鮮看法，都對她說了一遍。

講完之後，我才道：「孔老頭子這次恐怕弄錯了，毀滅一個城市的力量，不是人類所能挽回的。」

白素先是不說什麼，過了好一會，才道：「你們設想了許多可以毀滅一個城市的力量，像地震、海嘯，甚至連小行星脱離軌道都想到了。」

我道：「是啊，我們設想了許多不同的可以毀滅一個大城市的情形……」

我講到這裏，白素突然作了一個手勢，阻止我繼續講下去，我望向她，看到她正在沉思，可是等了好一會，又未曾說什麼。

我問：「你想到了什麼？」

白素的神情十分迷惘：「還是一個模糊的概念，唉，陳長青的説法很有趣，每一個人都受一顆獨特的星辰的影響。」

她忽然之間又轉變了話題，我只好順口應着。白素又道：「這種説法可以成立，我想，受了影響而變成了大人物的，一定是十分顯而易見的星體？」

我陡然想起了孔振泉記錄中的那張字條：「是啊，孔振泉的想法和陳長青一樣，不過說法略有不同，陳長青的說法是現代語言，孔振泉用的是星相學的術語。」

白素大感興趣：「孔振泉怎麼說？」

我想了一想：「他說，東方七宿主星三十顆，都象徵着一個人，他連那三十個人的名字都查出來了，又說天下大亂，生靈塗炭，血流成渠，庶民遭殃，全從那裏開始。」

白素震動了一下，用十分緩慢的語調道：「是不是說這三十顆星，影響了地球上的三十個人，使他們做出天翻地覆的事來？」

我道：「多半是這樣的意思，看起來，當日黃巢造反，殺人八百萬，星象之上，一定也有着明顯的示警，他還推算到這三十個人會在二十年之內，自相殘殺……」

我講到這裏，陡然之間停了下來，立即又想到了孔振泉觀察到的天輻星由暗而明的現象，感嘆災禍太平盛世的共存，結合近代世界局勢的變化，怔呆而不能再講下去。

白素望着我：「怎麼啦？」

我深深吸了一口氣：「近三十年來的變化，孔振泉早已從星象上得到了啟示。」

白素神情看來有點悶鬱，緩緩點着頭：「是，早已在星象上有了警告。」

我和她都沉默，不知說什麼才好。象徵和提示如此明顯，使人感到震懾。

過了好一會，我才道：「東方一個大城市的毀滅，我和陳長青，都首先想到東京會遭受到一次大地震。」

白素淡然一笑：「相當合理，如今我們沒有什麼可以做的，我看將這些事全都忘了吧。」

本來，這正是我的意思，我已經對陳長青講過，把一切全都當作一場噩夢算了，但是這時，我卻不肯這樣做，因為白素明明是發現了什麼，但是又不肯和我說。她的這種神態，使我不肯放棄。

我想了一想：「我不會放棄，除非你將你的發現告訴我。」講了之後，我又道：「別忘記，我是這個未來大災禍的唯一吉星。」

白素笑了起來：「你這人，我已經告訴過你，我其實只是有一個極模糊的概念，根本什麼也說不上來，不然為什麼不講給你聽？」

說着，她從墊子上跳了起來，無意義地來回走着，手放在桌上，撥動着在桌面上那些大大小小的銅環，看來正在思索着什麼。

我不去打擾她，她撥弄了那些銅環好一會，看來像是下了決心，轉過身來，揮着手：「我還是決定把整件事忘了，災禍真要降臨，誰也阻擋不住。我看你這個吉星是假的，起不了什麼作用。」

我也站了起來：「暫時只好這樣。」

當天晚上，我們在外面作了竟夜的消遣，晚飯後又到一個朋友家中去閒談，那位朋友又約了好些人來，我把陳長青也叫來，一面喝着醇酒一面天南地北地談着。我出了一個問題，叫大家回答，問題是：「試舉一種可以毀滅一個大城市的力量。」

答案倒不少，但無非是地震、瘟疫、核子戰爭等等，都是我和陳長青想到過的。

只有一個人的回答十分特別，他說：「大城市，是許多人聚居的一個地方，一定是這個地方有吸引他們住下來的理由，如果忽然之間，許多人都覺得不再想住在這個地方了，一起離開，那麼，這座大城市也等於毀滅了。」

這是一個很新鮮的說法，那人又道：「當年美國西部淘金熱，形成了許多鎮市，後來金塊淘完，大家都離開，這些鎮市就成了死鎮。」

我反駁道：「那是小鎮，別忘了我們指的大城市，至少有百萬以上居民。」

那位朋友大笑道：「我只是提出，在理論上有這個可能。事實上，就算是地震、核戰，也不會把一座城市徹底毀滅，總有一點剩下來的。」

陳長青不同意：「維蘇威火山的爆發，就毀滅了整個龐貝城。」

那位朋友立時說：「龐貝在當時是一個大城市，和今日的發展相比，那不過是一個小鎮。」

陳長青眨着眼，答不上來，後來話題一轉，陳長青重說到了他對星相學的研究。

看來人人都有一種預知自己命運如何的願望，所以陳長青立時成了眾人請教將來命運的焦點。陳長青趁機，又大大發揮了一下人的命運，受宇宙星體的神秘力量所影響的新理論。

大家討論得十分熱烈，我向白素使了一個眼色，向主人告辭，走了出來。

夜色十分好，我們駕車到了一處靜僻的所在，倚着車子，抬頭望向星空。這些日子來，我對星象已熟悉了許多，星象亙古以來都一樣，只有少數人才能從中看出它們對地球上的事物會發生巨大的影響。

看了一會，我忽然想起：「第一次我們見孔振泉回來，討論着星象的問題，你不同意神秘的影響力量是來自星球上的高級生物，我說總不會來自一塊石頭，你說我的話有點道理，是什麼意思？」

白素指着天空：「這還不容易明白。天上的每一顆星，都是一塊石頭，不過體積大一點。」

我不禁啞然失笑：「原來如此。」

白素道：「可是那麼多石頭，加上無限的空間，構成了無邊無際的宇宙，在宇宙中，究竟存在着多少不可測的、對地球人的影響力量，只怕再過幾十萬年，人類也弄不明白。」

我沉默了半晌，才道：「看來你十分同意陳長青提出的觀點。」

白素遲疑了一下，才點了點頭，那顯得她的心中，也不是十分肯定。過了一會，她又道：「來自星體的影響力量，一定在不斷改變，如果能令到這種影響力改變，那麼受這星體影響的某一個人，思想行為，就會改變，理論上可以這樣說，是不是？」

我呆了半晌，這是一個十分虛幻的問題，很難捕捉到問題的中心，想了一會之後，才道：「再作一種假設，那種我們所稱的神秘影響力量，是一種輻射能，由於和不同的人的腦部產生了某種聯繫，才影響了這個人，那麼，如果輻射能的性質改變，這個人就不再接受這個星體的影響了。」

白素道：「正是我的想法，結論是：這個人變了，和以前完全不同。」

我苦笑了一下，這真是不着邊際至於極點的討論：「是，理論上如此。」

可是白素卻一面望着星空，一面在作十分認真的思索，過了好一會，她才嘆了一聲：「回去吧。」

我倒真希望再讓我看到一次青龍七星中的星芒聯滙的情形，可是那種異象，顯然只有在十分獨特的時間中才能看得到，剛才已經看了很久，連脖子都有點瘦了，還是什麼也沒有看到。

回到了家中，白素真是像完全沒有發生過什麼事，提也不再提星象這兩個字。她不再提，我也不說什麼。第二天我醒來之後，她已經出去了，我連忙到地下室，花了半天時間，把那九個箱子，裏裏外外，仔細檢查了一遍。

要打開那九柄九子連環鎖，真不簡單，白素能夠在十多天的時間中就完成，不容易之極。可是九個箱子，明明是空箱子，什麼也沒有，沒有夾層，也沒有任何秘密。

我不準備再浪費時間，轉身走出去，身子在那張桌子上碰了一下，令到桌上的許多銅環相碰，發出了一些聲響。

我思緒十分紊亂，順手拿起了其中一個銅環玩弄着，視線仍然停留在那九個空箱子上。突然之間，我覺出手中的銅環忽然變了形。

低頭一看，手中的銅環，被我無意之中，拉了開來，原來銅環上有三處地方是有着製作極精巧的鉸鏈的，可以把圓環拉直，變成四個弧形。

我呆了一呆，再拿起其他的銅環來，不論大小，每一個銅環，皆是如此。

當我把十幾個銅環拉開來之後，還發現銅環上，都有十分細緻的花紋刻着，那些花紋，全然沒有規則可言，如果只是單獨的一個來看，絕對看不出那些刻紋有什麼意義。在偶然之間，把兩個相同大小的銅環，並排放在一起時，才覺得值得注意。

圓形的環，被拉成四個弧形，一個和一個可以並排放在一起，我把十八個最大的銅環放在一起，注意到那些刻紋，如果經過排列，可以聯結起來，我約略排了一下，就達到了這一目的，呈露出了一個圓形，一看之下就呆住了。

那是一幅地圖，而且幾乎任何人一看，就可以認出來的地圖。在地圖中，有着黑點，黑點並不是太大，大小也不一。

銅環沒有被排列起來，這些黑點，絕對不會被留意，因為環是白銅所鑄，有一些瑕疵，形成了小黑點，十分平常。

但是，當銅環被排列起來，露出了地圖，那些小黑點的作用，就十分明顯了，那一定是指示着什麼的。

一般來說，地圖上的點，當然是指示着地方的所在的，大的點，表示那是大地方，小的點，表示那是小地方。可是我仔細看了一下，又覺得那些黑點所指示的，並不是地方。因為，在地圖的近中間部分，至少有六個黑點，聚集在一起，有大有小，包括了所有黑點中最大的一點在內。

既然地圖是我所熟悉的，我自然也可以知道，在那處，不應該有這樣密集的六個城市。

而另外有一個相當大的黑點所在的位置，根本不應該有城市。

那麼，這些黑點究竟代表了什麼呢？

第九部

空箱子上的秘密

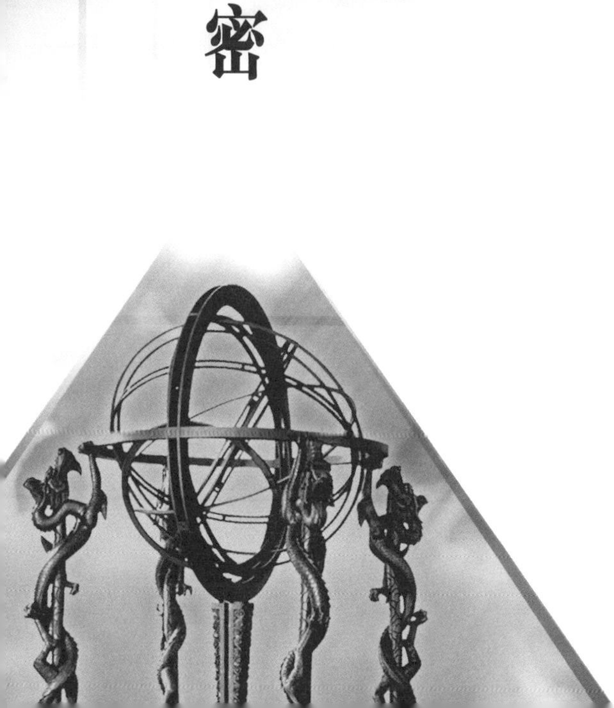

我看了好一會，難以斷定，若說那是地圖上的什麼物產的分布圖，黑點多的，表示那種物產集中在一個地區，看起來倒也有點像，但那又有什麼特別的意義呢？在中間部分，有那麼多黑點的地區，出產最多的是什麼，可能是稻米，但稻米在地圖南端的地區應該更多，何以反倒只有一兩個黑點呢？那些黑點，也不可能代表着人口的密度，因為地圖的形狀如此熟悉，哪一部分人口密度高，哪一部分人口密度低，簡直是想都不用想的，黑點顯然不是指示着人口的密度。那麼，這些黑點，究竟代表着什麼呢？它們一定是有着某種特殊意義，不可能只是一些黑點，只不過是我想不出而已。

我一面想着，一面把大小不同的銅環，全部排列了起來，發現就算是最小的銅環都好，當它們排列了起來之後，上面精細的刻紋，都顯示出一個地圖來。所不同的，只是那些黑點數目的多寡。

在最大的銅環排列成的地圖上，我數了一數，一共有三十點黑點，然後，黑點的數目，依次減少，到了最小的一組上，只有七點黑點在，在最後的七個黑點，有一個相當大，是在地圖的西南部分，我注意到，這個大黑點，一直都在。

黑點由多而少，一定也是在指點着什麼，我自認對各種密碼全都精通，也很善於解開各種各樣隱秘的線索，可是面對着這些小黑點，作了種種的設想，還是想不出它們代表着什麼。

我思索了好久，才離開桌子遠一點，坐了下來，深深地吸着煙。這時，我想起了白素離開時的神情，和我回來之後她和我的談話，陡然之間，我心頭起了一下猛烈的震動，大叫了起來：「素。」

出乎我意料之外，白素的回答聲立刻傳了過來：「我就在這裏，你不必大聲叫喊。」

我回頭一看，她就站在地下室的門口，她站在那邊可能已經很久了，由於我一直全神貫注在那些黑點上，所以她是什麼時候開始站在那裏的，我也不知道。

白素用一種含有深意的眼光望着我，我揮着手，又衝到了桌邊，指着那些排列起來的銅環：「你看這些黑點，你一定想不到它們代表着什麼。」

白素微笑着：「意外嗎？我猜到了，也知道你也猜到了。」

我深深地吸了一口氣，向白素作了一個手勢，示意她和我同時講出來。

然後，我和白素異口同聲道：「人。」

在講出了這個「人」字來之後，地下室中，變得出奇的寂靜，我不出聲，白素也不出聲。在那短暫的沉靜之中，我心頭不由自主，感到了一股極度的寒意，由神秘的恐懼而造成。我甚至還不知道恐懼的由來，但是這股寒意卻是如此之甚。

我用力在自己的頭上敲了一下，白素忙道：「你是不是又捕捉到了什麼？」

我搖了搖頭，動作十分緩慢，神情一定也十分遲疑：「只是一個模糊的概念，絕無法肯定……」

講到這裏，我又怔了一怔，因為同樣的話，正是白素不久前向我講過的。

由此可知，我和白素的思路循着同一個方向在進行。在我回來的時候，她早已知道銅環上的那些黑點代表着什麼。

既然兩個人的思路相同，要談論這件事，當然也容易得多，我指着那些銅環：「這就是孔振泉幾十年來觀察星象的結果，地圖上三十個黑點，代表了三十個人，而這三十個人，受東方七宿三十顆主要星辰影響，他們的思想行為，可以預早在那些星象的變化之中，作出預測。」

白素「嗯」地一聲：「是，我們曾討論過，如果改變那些星辰——我的意思是，如果能把那些星辰的任何部分作改變，那麼，這些人的思想行為也會隨之改變。」

我想了一想，緩緩點着頭，這是一種不可思議的情形，一來，人的思想行為受着天體的影響，二來，改變天體的任何情形，都不是人類的力量所能做到的事。

我道：「是，理論上是這樣，譬如說，如果可以令房宿四的光度減弱一點的話，那麼，受房宿力影響的那個人，他的智慧、勇氣，或是暴戾、凶殘，就也會有所改變。這是一種假設。」

白素的動作也相當緩慢，她慢慢揚起手來，指着桌面上的那些銅環。或許是由于我們想到的，全是一些虛幻到全然無法捉摸的事，所以才會有這樣的情形出現，她道：「孔振泉很聰明，他用了那些人的出生地點來代表他們。」

我補充道：「還有黑點的大小，代表了他們的重要性。」

白素指着第一個銅環上，在地圖的中間部分那個最大的黑點，在那一部，聚集在一起的黑點相當多，大小不一，可是那個大黑點卻十分顯然，一望而知，那是最大的一點。我一看她指着那黑點，像是要張口把那黑點所代表的人講出來，我忙道：「別說出來。」

白素抬頭望向我：「為什麼？」

我苦笑了一下：「人人都知道，何必還要說出來？」

白素吸了一口氣，沒有再說什麼，然後，她的手指移動着，來到了最小的那個銅環上，在那裏，還有七個黑點在，她又指着那個大黑點，和我互望了一眼，我們又諒解地點了點頭，表示大家都知道這個黑點代表了什麼人。

白素放低了聲音：「黑點逐步減少，那表示了這些人逐漸死亡。」我想了一想：「一共是八組銅環，每一組都有減少，開始的幾組，每一組的，差別只是一個黑點，或者兩個黑點，愈到後來愈多。」

白素道：「是啊，愈到最後，這些人的年紀愈大，自然更容易死亡。」我望向她：「你以為怎樣？每一組銅環，代表着一定的年份，五年，或者四年？」

白素望着那些銅環上，由幼細的線條組成的細圖，想了片刻，才道：「我並不以為如此，我想，那是代表着不同的時期。這個時期，可能是十年，也可能是一年，那代表着有巨大事件發生的時期。」

我立時同意了白素的看法：「對，你看這一組，和它的下一組，黑點竟然少了九點之多，那一個時期是……」

我講到這裏，停了下來，白素用十分緩慢的聲調道：「那一個時期是十年，誰都可以知道，在那個十年之中發生了什麼事。」

我沉默了半晌，才發出了一下嘆聲：「每一組銅環所代表的，其實也可以說是一場殘酷之極的戰爭，一些人在戰爭之中倒了下去，代表他的黑點，就在下一組銅環之中消失了，這種戰爭，有時規模龐大，也眾所周知，有時秘密進行，內幕可能永遠沒有人知道，相同的是極其嚴酷，使用了人類所能使用的所有手段在進行，其血肉横飛的程度，絕不是局外人所能想像於萬一。」

白素也長嘆了一聲：「是啊，這些人，既然受了天上星辰的感應，而使他們的才能有異於常人，本來，大約沒有什麼力量可以消滅他們，唯一消滅他們的力量，來自他們自己的互相殘殺。」

我呆了半晌，才喃喃地道：「或許，自相殘殺，也是天上星辰給他們的影響。」

白素道：「自然是，中國歷史上不乏這樣的例子，多少手握大權的非凡人，他們最擅長的事，就是殘酷對付自己最親近的人，甚至包括了中國傳統道德上，最受尊重的倫常關係的親人。」

我來回踱了幾步，這時候，我們對於孔振泉觀察星象的能力，佩服得五體投地。我道：「可惜孔振泉死了，不然，我一定要跟他學觀察星象，我有這種特異的感應力。」

白素同意：「是啊，只有你和他，看到了七星聯芒的景象……」

她講到這裏，忽然停了下來，露出了一種相當疑惑的神色，但是不等我開口，她又道：「我懷疑，事無巨細，他都能在星象上看得出來，說不定，你有這種對星象的特殊感染力，也是他早已從星象上看了出來。他知道你是受着那一顆星的影響，知道你一生的思想、行為，全和那顆星的活動有關。」

我一面大點其頭，一面道：「我早和你說過了，我一定是什麼星宿下凡，不然，我怎麼會那麼突出。」

白素瞪了我一眼：「我不覺得你怎麼突出，而且，你的說法也完全不對。」

我眨着眼，一時之間，不知道她說我「全然不對」是什麼意思，我以為我們兩人的思路完全一致，那麼，我的說法就沒有什麼不對。

我等了一會，白素一直沒有說什麼，我才問：「應該怎麼說？」

白素緩緩地道：「星宿下凡，是一個傳統的、十分簡單的說法，和我們所設想的情況，不大相同。」我立時抗議道：「我們都同意，在地球上，有相當數目的一群人，受了星辰力量的影響。」

白素道：「是，但是那和『星宿下凡』不同。星宿下凡，意思是這個人，就是這顆星的化身，自己可以作主，可以有自己的思想和行為，自己是自己的主人。」

我漸漸明白了白素的意思，揮着手，想講什麼，白素又道：「但是，受星辰的影響，卻全然是另外一回事。地球上的一個人，可能是由於他的腦部結構，在某方面可以和某一個星體所發出的神秘力量發生感應，從此之後，他的一生思想行為，就完全被這個星體所控制，他不再是自己的主人，而只是那個星體的奴隸，完全沒有自己，或者說，他以為有自己，但實際上沒有。」

我深深吸了一口氣：「你是說，星體上有某種生物，在控制着特定的地球人？」

白素搖頭：「有可能是，但是我的意思是，更大的可能，這種來自宇宙間億萬星體的影響力量，並不是由什麼生物所發射出來，而是星體本身自然產生的，舉個簡單的例子，月圓月缺，會影響某些特別敏感的人的情緒。太陽黑子的大批爆發，也可以引起地球人思想上的混亂，因而導致在規模的暴亂事件。」

我道：「月亮和太陽離得我們如此之近……」

當我講了這句話之後，我自己也感到大有語病，月亮和太陽離我們當然不近，月亮離地球是三十八萬四千公里，太陽更遠，是一億五千萬公里。

我說它們「近」，自然是一種相對的說法，是和宇宙中其他星體的比較而得出的結論，和其他星體比較，自然是太近，地球和太陽間的距離，光行進的時間，只不過是八分鐘。

而在無涯的宇宙之中，距離地球幾十光年的星體，也算是近的了，甚至有遠至幾千萬年的，比較起來，太陽自然近之已極。

白素諒解地望了我一下，表示她明白我的意思：「正由於太陽離地球近，所以，太陽上發生的變化，才能影響到大多數人，那些遙遠的星體，就只能影響少數人，或者是單獨一個人。」

白素的闡釋，十分簡單明了。本來，我頗以為自己和某一個星體有關係而沾沾自喜，但這時，卻連最低程度的高興也消失了。

我不是什麼「星宿下凡」，只不過是恰好接受了某一個星體的影響。

任何星體都只是一塊石頭，我是一塊石頭的奴隸，這塊石頭不知懸在無涯的太空何處，它所發出的力量，全然無意識，而我的思想、行為，就不能擺脱它的影響。

這值得高興嗎？當然不是！想深一層，非但不值得高興，而且還可哀，倒不如那些不受星體影響的人，雖然在人類的觀念上，那是「普通人」，可是普通人至少是他們自己的主人，而受星體影響的那些非常人，實際上早已沒有了自己，而他們卻還不知道，為了他們的各種不同的非凡成就而沾沾自喜！

我的情緒猝然低落，白素看出了我在想些什麼，她嘆了一聲：「或許，我們根本每一個人都不能自行主宰，要不然，何以每一個人的命運，都可以通過星象的觀察而推算出來？」

我停了好一會，才道：「我倒不單是為我自己的命運而悲哀，而是我想到地球人，全人類的生命、思想、行為，全受不同星體控制，那麼，人類生命的意義何在呢？」

白素攤了攤手，望着我，神情茫然而無可奈何。她並沒有說什麼，但是我知道她是在表示：那是一個亙古以來沒有人可以回答出來的問題。

最好不要去想這個問題。又沉默了好一會，白素才道：「這就是那描金漆空箱子的秘密，你必須不嫌麻煩，解開那些子母連環鎖，才能獲知秘密。」

我不禁有點臉紅，因為在孔振泉送那箱子給我的時候，他不會想到我竟然那麼不耐煩，要不是白素有那樣的耐性，只怕孔振泉的秘密，就成為永遠的秘密了。

我高舉雙手，表示內疚，白素笑了一下：「通知陳長青。」

我想了一想：「當然要通知他，但是要讓他自己去想。」

白素笑了起來，點頭同意，我走過去，把排列成九組的銅環，全都弄亂，而且使它們恢復環狀。陳長青隨叫隨到，半小時之後，他氣咻咻地奔進來，直嚷：「發現了什麼？是哪一個城市該當災？」

一聽得他這樣叫，我和白素都不禁怔了一怔。因為我們討論了半天，並沒有討論到這個「七星聯芒」所指示的實際問題。

我感到有點不好意思：「還沒有研究到這一點，我們發現了孔振泉留下來的秘密，記得那個描金漆的箱子？白素已經把九把鎖完全照程序打開了，箱子內不是空的，秘密是在鎖環上。」

陳長青抹着汗，神情大是興奮：「什麼秘密？」

我道：「必須由你自己去發現，因為我們都分別自己發現秘密。」

陳長青一下就接受了挑戰，但是他還是問：「有什麼提示？」

我笑了起來：「回憶一下孔振泉所說的每一句話，對不起，夜很深，我們要睡了，就算你在我們睡醒之前解開了難題，也別吵醒我們，一切全在地下室，你自己去吧。」

陳長青故作輕鬆地吹着口哨，走向地下室，我和白素回到了臥室。夜的確已很深，但我卻推開了窗，望向浩渺的星空。

一個善觀天象的人，可以在星空中，看出地球上大大小小即將發生的事，但是，普通人卻完全看不出來，只是覺得星空燦爛和美麗。

星相家在長久對星空的觀察中，又摸出了一整套規律：什麼樣的情形下會有兵凶，什麼樣的情形下會有天災，什麼樣的情形下會有偉人的死亡，什麼樣的情形下會有人類的瘋狂，等等，而七星聯芒的異象，則表示一個大城市的毀滅。

白素靠在我的身邊，很久，她才低聲道：「睡吧。」

我嘆了一聲：「真怪，除了前兩天看到七星聯芒的異象之外，我對於星象，可以說是一竅不通。」

白素笑了一下：「要是人人都能看得通星象，世間還有什麼秘密呢？」

我心中陡地一動：「像孔振泉那樣，有着特殊的觀察星象的能力，是不是也是受了某一顆星辰影響？」

白素道：「當然是。」

我又想了一想，把雜亂的概念整理了一下：「照這樣的情形看來，星辰也可以分為善、惡兩大類，一類惡的星辰，專門在地球上製造災禍，包括各種自然的災禍和人的災禍在內，人的災禍比自然的災禍更可怕，例如青龍七宿中的三十顆星，就令到三十個人在地球上製造了生靈塗炭的大災禍。」

白素沉默了片刻，才道：「是，另一類善的星辰，則致力於消滅那些災禍，還影響了一批人，給人類以文明、知識、科學、藝術上的種種發展。」

我更加感到心情茫然：「那麼，地球是什麼呢？是天上諸多星辰中善、惡兩類的戰場？」

白素忽然道：「我倒覺得，更像是一個棋盤。」

我訝於她的設想：「棋盤？」

白素道：「對，棋盤，而在地球上生活的人類，就是棋子。受着自己全然不能了解的力量的支使，在棋盤上廝殺爭鬥，勝敗對人類全無意義。」我轉頭望向她：「對什麼有意義，對那種支使力量？你剛才不是說，支使的神秘力量來自無意識的星體，並不是來自星體上的生物。」

白素神情一片迷惘，語調聽來也是一點主意也沒有。

「誰知道，」她說着：「誰知道。」

真的，誰知道！

這一切，都是超愈了人類知識範圍之外的事，可能再經歷幾萬年，人類自以為自己的科學文明已達到頂點，仍然不能明白人類只是被神秘的星辰力量支使着在棋盤上移動的棋子，再重要的人物，也只不過是一枚主要的棋子。

而在棋盤上，每一枚棋子其實全一樣，看起來作用有大有小，那只不過看支使力量如何支使他們。

我心情也極其悵惘，呆了好半晌，倒在牀上，仍然睡不好。

我沒有再說什麼，也無法再向下想下去，一直到天色快亮，我才想起了兩句著名的白話詩：「做了過河卒子，只好拼命向前。」

心情迷惘而苦澀，矇矓地睡了過去，到中午時分才醒來，白素已經起來了。

當我們離開臥室時，老僕人老蔡神情緊張地走過來，把聲音壓得十分低：「那位陳先生……瘋了。」

我嚇了一跳，老蔡又道：「我早上起來，就看到他坐在客廳，不住流汗，問他要什麼，他雙眼發直，也不看我，也不說話，看起來，十足是中了邪。」

我和白素互望了一眼，急急向樓下走去，看到陳長青呆坐在角落處的一張沙發上，真是雙眼發直，而且滿頭大汗，頭髮濕得像是洗過，而且，汗珠還在不斷地大顆大顆冒出來。

我連忙叫道：「陳長青。」

陳長青略為震動了一下，可是並不向我望來，仍然像是老蔡所說的「中了邪一樣」。

我來到了他面前，勸道：「陳長青，就算你解不開那些銅環上的啞謎，也不必勞心到這程度。」

陳長青聽了，自鼻中發出了「哼」地一聲，翻起眼睛來，向我望了一眼，一副不屑的神氣。看了他這種神氣，誰都知道，他早已把孔振泉的秘密解開了。可是，如果他已經解開了謎，何以他的樣子會如此呢？看他的樣子，分明是心中不知受着多大的困擾，而且焦急、傷神，到了極點。

要不然，一個人絕不會一直冒汗，就算陳長青是一個極度神經質的人，也不會有這樣的情形出現。

那使我感到很大的困惑，白素在我的身後問：「你不舒服？」

陳長青又震動了一下：「不，我沒有什麼。」

他說着，站了起來。當他站起來之際，我和白素，更是相顧愕然。

因為，在他坐過的地方，竟然出現了一大灘濕印子。

那表示他坐在那裏，已經很久了，而且，不斷在冒汗。一個人如果在這樣的情形下，甚至可能虛脫。他的聲音聽來有點啞：「水，給我一點水。」

我急步去倒了一大杯水給他，他一口氣不停就喝了下去，然後用手抹着臉，回頭看了看沙發上的濕印子，竭力裝出一副沒有什麼大事的神情來：「我流了不少汗？每當我在想一些重要問題的時候，總會這樣子，從小如此。」

我忍不住不客氣地道：「你不必用言語來掩飾了，你的身體已經告訴任何人，你為了不知道什麼事，焦慮得快死掉。」

陳長青一面用手抹着臉，口唇掀動着，像是想否認什麼，但是他自己也明知道賴不過去，所以他嘆了一聲：「對，是有點心事。」

我盯着他，我知道他的脾氣，這個人如果有心事的話，絕不會在朋友面前隱藏的，自然會講出來。

可是，這次我竟然料錯了，他轉過頭去，避開了我的眼光，看來並沒有把他的心事告訴我的意思。我們就這樣僵持了好一會，我投降了：「好，有什麼心事，可以說給老朋友聽聽嗎？」

本來我大可以等他投降，把心事說出來，但是，陳長青這時的神態，大異於常，他可能真正需要幫助。朋友之間取笑是一回事，當他真正需要幫助的時候，那就要真正幫助他。

陳長青的身子震動了一下，半晌不說話，才道：「衛斯理，雖然你不是很喜歡我，可是我一直把你當作是我最崇敬的朋友。」

他那兩句話，說得十分誠懇，我怔了一下，十分感慨。我不是不喜歡陳長青，只是不很習慣於他的一些行為，對他也不算很好，經常在言語之間譏諷他。這時，我感到有點激動和慚愧，忙道：「陳長青，要是朋友之間的意見不同和取笑，你也介意，那我願意道歉，我們當然是好朋友。」

陳長青一聽，倏然轉過身來，望着我，而且握住了我的手，連眼圈也在發紅，我更覺察到他的身子，在微微發抖。這一切，都說明他的心情，激動之極。

第十部

陳長青的怪異行為

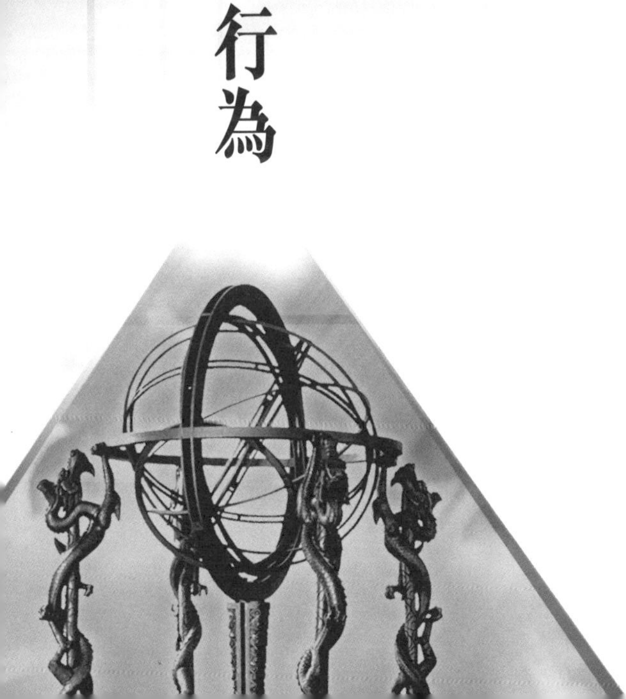

樣。」

我一時之間，不知道怎麼才好，只好道：「有話好說，不要這樣，不要這樣。」

陳長青顯然真的想說什麼，可是由於他太激動了，聲音哽在喉間，說不出話來，只是發出了一些含糊的聲音，誰也無法聽得明白這些聲音，表示着什麼。我又道：「我們是好朋友，你別急，有話慢慢說。」

陳長青更激動，將我的手握得更緊。這樣的局面，令我手足無措，我只好向白素望去，向她求救。

白素也是一臉疑惑，不知道陳長青在搞什麼鬼。她明白了我的意思，用聽來十分輕鬆的語調道：「你們怎麼啦？誰都知道你們是好朋友。」

陳長青哽塞的喉間，總算吐出了三個可以聽得清的字來：「好……朋友。」

白素道：「是啊，發生了什麼事？像是生離死別一樣，快要唱風蕭蕭兮易水寒了。」

在這樣的情形下，白素說笑話，十分恰當，可以令到氣氛輕鬆，因為我和他之間，根本沒有什麼嚴重的事情。

白素形容陳長青的樣子，像是生離死別，大有荊軻要去刺秦皇，明知自己一去無回的那種激動，完全沒有必要，那麼，陳長青該一笑之下，精神鬆馳，不再緊張。

可是，出乎我們意料之外！

陳長青的反應，竟然像是中了她重重一拳，陡然鬆開了我的手，身子搖晃不停，向後連退了兩三步，而且，面色鐵青，臉上的肉，在不由自主地跳動着。

這時，別說我呆住了，連白素也呆住了，不知道何以他的行止這樣怪異。

他轉過身去，伸手扶住了牆，白素向我作了一個手勢，示意暫時別過去。陳長青深深吸着氣，然後，即使從他的背景也可以看得出他在作極大的努力，使他的身子挺直。

又過了一會，他才十分緩慢地轉過身子。看起來，他已經正常很多，他用一種聽來十分疲乏的聲音道：「大嫂，你怎麼也學起衛斯理來了？不好笑。」

我和白素只好面面相覷，不知道白素剛才那句話，有什麼地方得罪了他。換了我，一定要不服氣，追問到底了。

但白素卻只是溫柔地笑了一下：「對不起，我不是故意的，只是想輕鬆一下。」

陳長青笑了一下，他的笑容難看到了極點，這證明他的心事，一定令他感到極度的不安和痛苦。陳長青自己，卻以為他的笑容已經可以掩飾了他的心情，還故意拍着手：「衛斯理，你花了多久才解開了銅環上的秘密？」

我道：「相當久，我還花了不少時間，研究那些空箱子。」

陳長青走動着，自己去倒了一大杯水，又一口氣喝乾，才道：「是，你給了我提示，我沒有再在空箱子中浪費時間，孔振泉把秘密這樣處理，真是除了你之外，沒有可以解得開。」

我道：「這全是白素的功勞。」

陳長青「嗯」地一聲：「嫂夫人解開了秘密。也是因你而起的，你的作用，就像是中藥方子中的藥引子，化學變化之中的觸媒劑。」

我聽得他拿我作這樣的譬喻，有點啼笑皆非。他又道：「所以，孔振泉找你，還是對的，由於你和嫂夫人解開了謎，而我……」

他講到這裏，突然停了下來，不再講下去。

陳長青這個人，說起話來，滔滔不絕，不容人插嘴，而他自己講到了一半忽然住口不言的情形，更可以說是絕無僅有。

我等着他再講下去，可是當他再開口的時候，他已經變了話題，他道：「那些黑點是代表着三十個人，在經過了種種變化之後，剩下七個。」

我和白素一起點頭，我還拍了拍手：「對，你真的解開了孔振泉的圖謎。」

陳長青默然半晌，在他沉默的時候，我和白素，把我們昨天晚上，由解開了圖謎之後的種種聯想，全都向他說了一遍。

陳長青聽我們敘述，表現十分沉靜，除了不住表示同意之外，並沒有插言。等到我們講完，他才道：「人沒有自己意志？當一個人，決定了要去做一件大事……極大的大事，難道那不是他自己的意志，而只是受了來自星體的神秘力量的支使？」

我道：「除非把孔振泉的星象觀察完全推翻，不然，就得承認這一點。」

陳長青苦笑了一下，揮了揮手，像是不想繼續討論這個問題，我和白素都不敢亂講什麼，唯恐由於一句什麼話，他又會有異常的反應。

過了一會，他才道：「衛斯理，你看到了七星聯芒的異象，也知道了這種異象是表示一個大城市將會毀滅，可是你不知道會發生什麼事。」

我道：「是，你想到了？知道了會發生什麼事？」

陳長青卻並不回答，我道：「是什麼？富士山復活，毀滅了東京，還是檀香山被火山灰覆蓋？」

陳長青瞪了我一眼，仍然不說什麼，然後，他站起來：「我要告辭了，還有很多事要做。」

他說了之後，伸出手來，先和我握手，又再和白素握着手。

我們一面和他握手，一面心中仍不免在嘀咕：這傢伙，平時說來就來，說走就走，什麼時候和我們握手道別過來？

陳長青今天的行為，真是怪異透頂了。

他走向門口，拉開門，又回頭向我們望了一眼，我忙道：「有什麼事要幫忙的，只管來。」

陳長青有點戲劇化地仰起頭來，「哈哈」一笑，跨開步子，揚長而去。

我和白素又呆了半晌，我才道：「陳長青像是另外一個人一樣。」

白素道：「我看他的心中，一定有十分重大的決定。」

我嘆了一聲：「這個人……」

白素不讓我再說下去：「我看，我們得盡一點力，多注意他的行動，看他究竟想幹什麼。」

本來，陳長青想幹什麼，我不會感興趣，但是由於他行為實在太怪，完全不像他平時的為人，所以我道：「好，我找人留意他的行動，必要的時候，還可以派人去跟蹤他。」

白素道：「那樣最好。」

於是，在接下來的三天之中，我委託了小郭的私家偵探事務所，派幾個精明的人，去跟蹤陳長青，看看他究竟在搗什麼鬼，也可以在他需要幫助的時候，有人可以立即幫助他。

私家偵探每天送來一次報告，一連三天，看跟蹤陳長青的報告，我和白素都訝異不止，實在猜不透這傢伙究竟想做什麼。

他到一家律師行，立了一張遺囑。遺囑的內容，偵探買通了律師行的職員，所以也寫在報告之中。

陳長青的遺囑內容相當古怪，他在遺囑上寫着，他死了之後，所有的遺產，全權歸衛斯理夫婦處理。

我是他的好朋友，這樣處理，倒也不能説悖於常情，他又規定，我處理他的財產，最好是把錢用在擴展、鼓勵探索和研究一切不可解釋的奇異現象方面。

這一點也可以理解，陳長青一直對一切人類現階段科學還不能解釋的事，有着異乎尋常的興趣，把他的財產花在這一方面的研究和探索上，十分有意義。

而在他遺囑之中，最怪異的一條是説他在某一天，會打電話通知律師。由律師接到他那個電話開始，如果三十天之後，還未曾接到他第二個電話，就在法律上，宣布他已死亡。

這極不合情理，可是他卻堅持要這樣做。普通，一個人要失蹤三年到七年，才可能由法庭宣布死亡，陳長青只給了三十天，法律上自然不會承認他自行宣布死亡。

陳長青也有權這樣做，在這樣的情形下，「遺囑」實際上，是一份財產處理委託書。我和白素看到了這樣古怪的一條，不禁都皺起了眉。

我道：「陳長青想去幹什麼？」

白素道：「看來，他將有遠行，要去從事十分危險的事。」

我悶哼了一聲，咕噥着罵了他幾句：「這人，異想天開的事太多，難道他又發現了什麼外星人，要到別的星球去？」

白素苦笑了一下：「那也難說得很，什麼樣的怪事都會發生。」

我拍一下桌子：「我去找他，問問他究竟想幹什麼，如果他亂來，至少好勸阻他。」

白素想了一想才道：「只怕沒有用，他如果肯說，你不去問他，他半夜三更也會來告訴你。如果他不肯說，問也不會說。」

白素說的倒是實情，我只好生悶氣，再看報告的餘下部分：陳長青到了一家中學，在校舍的內外，徘徊良久。我看那家中學的名字，並不十分出名，校舍也不是什麼名勝古蹟，附近更沒有什麼風景可供觀賞。

我瞪大了眼睛：「他在那家中學附近幹什麼？」

白素蹙着眉：「我想，那家中學，可能是陳長青的母校，他在那家學校中，渡過了他的青年時期。人總是十分懷念那個時期的。」

我「嘿」地一聲：「他怎麼了？又不是快死了，要去自己成長的地方徘徊記憶一番。」

白素吸了一口氣：「記得我提及『易水送別』時他激動的樣子？」

我點了點頭，白素隨即道：「那可能是由於我説中了他的心事，無意之間説中的。他心中有了一個重大的決定，對他來説，一定是生死攸關，所以他那時的神態才會這樣怪異。」

我把陳長青當時的行動神態想了一遍，覺得白素説得十分有理。可是我還是不能接受這樣的想法，我道：「那算什麼？他準備去殺身成仁，捨身取義？現在既沒有神聖抗戰，也沒有世界大戰，他難道幫伊朗去打伊拉克，或者幫伊拉克去打伊朗？」

白素道：「真想不通，可是他有極其重要的決定，這可以肯定。」

我沒有再說什麼，只是當天晚上，和他通了一個電話，我想知道他究竟決定了什麼，不過沒有收穫。只是肯定了一點，那家中學，真的是他的母校。

第二天的偵查跟蹤報告，更是看得我和白素兩人，目瞪口呆。

第二天一早，陳長青就到了父母的墓地上去拜祭。

陳長青的父母去世相當早，在他少年時就已經去世了，我從來也不知道陳長青這樣孝順。看來，那又是他的一種「告別儀式」。

從他的這種行動看來，他真的將有遠行。墓地回來，他去見了很多人，一直忙到晚上，然後一個人在酒吧買醉，和一些莫名其妙的人乾杯，喝至酩酊大醉。

第三天，陳長青的行動令人吃驚，使我覺得，非出面和他說清楚不可了。

那一天早上，陳長青在家裏，打了幾個電話，就離開了住所。

由於我的要求，是「全面跟蹤」，所以小郭已派人在他家的電話中裝了偷聽器。其中有一個電話，小郭認為十分蹊蹺，所以那個電話的錄音帶，連同報告一起送來，我和白素聽了，感到吃驚。電話的對話雙方，一方自然是陳長青，另一方，是一個聽來十分嬌柔的女聲，電話由陳長青打出去，對話如下：

陳長青：昨晚上，在青島酒吧，我終於得到了這個電話號碼。

女聲：是，有什麼指教？

陳：（聲音有點猶豫）我……是不是打錯了？或者給我號碼的人令我上當，我想我應該聽到一個冰冷的男人聲音。

女聲：（嬌甜地笑着）你受電影的影響太深了，先生，事實和電影中所看到的，往往截然相反，你並沒有打錯電話。

陳：（深深吸着氣）好，聽說你有價錢。

女聲：先生，每個人都有價錢。

陳：我的情形有點特殊，我要和你見一見面。

女聲：（變得冷峻）這樣的話，如果你再重複一遍，你就會面臨死亡。

陳：（急急地）聽着，我誠心誠意，真正誠心誠意，我要得到一些我想要的東西……譬如說，你……職業上所使用的一些精巧的工具，我願付任何代價。

女聲：（沉默了片刻）什麼工具？

陳：你認為最有效，又可以避過嚴格檢查的工具，要絕對有效。

女聲：可以供給你，但不能和你見面，代價是三十萬美元。

陳：（立即地）好，我準備現鈔，怎麼把東西交給我？

女聲：到機場公用電話第三十號去，接受進一步的指示。

陳：（連聲）是。是。謝謝你。

電話中的對白到此為止。

報告說，陳長青打完電話，立刻離開，直趨銀行。從銀行出來，手中多了一個手提箱，裏面放的可能就是三十萬美鈔。

然後，他到了機場，在第三十號公用電話的旁邊等着，等了很久。有人來使用這具公用電話，陳長青就十分緊張，而當他發現用電話的人，並不是他等待的人，他就對人怒目相向，弄得打電話的人，不知道在什麼地方得罪了他。

有一個打電話的彪形大漢，甚至還和陳長青幾乎起了正面衝突。

在等待的三個小時之間，陳長青也打了幾個電話，可是顯然沒有人接聽。

在三小時之後，有一個坐輪椅的老婦人，由一個小姑娘推着，來到了公用電話之前，那小姑娘取出了一張鈔票，想和陳長青找換硬幣。陳長青開始時很不耐煩，但是那小姑娘和陳長青不知道講了些什麼，陳長青欣然接過了鈔票，把硬幣給了小姑娘。就離開了公共電話，看來那小姑娘正是他要等待的人。

陳長青在機場附近的停車場，上了他自己的車子，奇怪的是，他又到了銀行，再出來的時候，兩手空空，他在銀行的經理辦公室中停留了一會，跟蹤人員無法知道他在幹什麼。

從銀行出來，他就回到了家裏，一直沒有出來。

看完了這樣的報告之後，白素首先道：「陳長青在和一個秘密組織接頭。」

我冷笑一聲：「他真是活得不耐煩了，我可以肯定，和他接頭的，是一個第一流的職業殺手。」

白素揚着眉：「可是奇怪，他並不是要委託殺手去殺什麼人，而只是要殺手提供他殺人的工具，難道他準備去殺什麼人？由他自己下手？」

我道：「看來是這樣，我要去找他，不能再讓他胡鬧下去。」

白素嘆了一聲：「是要去阻止他，但是他不一定是在胡鬧，說不定他正準備進行一件大事。」

我想反駁，但是在不知道陳長青準備幹什麼之前，我也不想說什麼，提起了外套，我就離開了住所，駕車來到陳長青的屋子外，用力按着門鈴。

他的屋子極大，當日，研究一個被困在木炭中的靈魂，我曾在這屋子中住了好幾個月。

陳長青一個人獨住，屋子又大，他遲些出來應門倒是意料中事，可是在三分鐘之後，還沒有人來應門，這就有點不尋常。

我先是一面按鈴，一面敲着門，接着，用力踢着門，發出驚人的砰砰巨響。在我踢了七八下之後，門陡然打開，由於門開得那麼突然，我幾乎一腳踢到了他。陳長青開門，看到了我，也不禁一怔。

我「哼」地一聲：「在幹些什麼見不得人的事，怎麼那麼久不來開門？」

陳長青忙道：「對不起，我正在浴室……」他看到我一臉不相信的神色，連忙道：「是在樓上的浴室，沒聽到鈴聲。」

我冷笑了一聲，就算他説是在屋頂上的浴室，我也不會相信他，我一伸手推開了他，大踏步向內走去，陳長青叫了起來：「喂，這裏是我的家！」

我陡然轉過身來，直指着他：「暫時是，等你死了，或是三十天沒有消息之後，我就有全權處置這幢屋子，先來看看，可不可以？」

這種迅雷不及掩耳的方法，很有效果，可以令到對方連抵賴的機會都沒有，只好直認。

陳長青在聽了之後，陡然震動，面色難看之極，過了一會，他才道：「律師行應該開除不能保守秘密的職員。」

他承認了，我繼續指着他：「你應該知道，世上根本沒有所謂秘密。」

陳長青口唇掀動，想要分辯什麼，但是並沒有立即説話，他的神情，隨即變得堅強和自信，大聲道：「有，我就敢説，我的行動就是一個秘密，你不知道我要去做什麼，而且，不論你用什麼方法，我都不會告訴你！」

我的確不知道他準備去做什麼，我只不過知道了他有一連串不可理解的行動。但是在如今這樣的情形下，我當然不能説我不知道。

我露出了一副胸有成竹的樣子冷笑了兩下：「若要人不知，除非己莫為。陳長青，你連萬分之一成功的機會都沒有。」

我不知道陳長青要去做什麼，但是他要去做的事，一定十分困難，而且有生命的危險，這一點，可以從他的行動中，推測出來，我這樣説，聽起來就像是我已經知道了要做什麼一樣。

陳長青乍一聽到我這樣説，露出了震驚的神色，但那只不過是一霎間的事，他隨即連聲冷笑：「衛斯理，你這種話，唬不到我，回家抱孩子去吧。」

我感到有點狼狽，只好道：「好了，不論你要去做什麼，作為好朋友，我只勸你一句話：別去做，你已經把自己放在一個極危險的境地之中，不要再向前跨出半步：不然你就要後悔莫及。」

陳長青聽着，望了我片刻，來回走動着，踢開了亂放在地上的幾個大墊子，然後在一張沙發上坐了下來，一字一頓地道：「沒有用，我不會聽。」

我也生氣地踢開了幾個大墊子，在他對面坐下：「你可知道和職業殺手打交道的結果？」

陳長青一揮手，一副漠不在乎的神態：「那實在不算什麼。」

和職業殺手打交道的後果，可以嚴重到令一個人死亡。職業殺手會為了保護自己，不使自己的秘密暴露而去殺死委託人。

那樣嚴重的情形，陳長青竟然說「那不算什麼。」

由此更證明白素猜測是對的，陳長青要去做的事，凶險絕倫，他準備用自己的生命代價去做那件事。

想到這裏，我只好苦笑：「認識了你那麼多年，真沒有想到你竟然這樣偉大。」

一聽得我這樣講，陳長青又陡然激動，可是他立即控制了自己的情緒，連語調聽來，也十分平淡：「那不算什麼，一個人的一生，總要去做一些事的。」

我還沒有回答，他又「哈哈」一笑：「或許，正如我們所推測，我的行為，不是由我自己決定，而受某一個星體的影響和支使。我想不做也不行，對不對？所以，你不論講什麼，都不能使我的行動有改變。」

我有點啼笑皆非，他把我能勸他的話，全都封住了。由此可知，他對他要去做的事，真是下定了決心，非做不可的了。

我大體上可以知道他準備去做什麼，所以我道：「陳長青，你是一個很有才能的人，但是殺人並不是你的專長。殺一個人，並非有了精巧的殺人工具之後，就可以實現。」

陳長青一聽，陡然跳了起來，立時又坐了下去，面色煞白：「你太卑鄙了。」他罵我卑鄙，自然是因為他從我的話中，知道了我一直在跟蹤監視他。

我沉聲道：「誰叫我們是好朋友？要是別人，我才不會有興趣。」

陳長青勉強笑了一下，但是他立時又十分自豪地道：「你還是不知道我要去幹什麼。」

我承認：「是，不然我也不必來找你了。」

陳長青得到了我的承認，長長地吁了一口氣：「真好，真好。」

我退而求其次：「對於各種精巧武器，我比你在行，你得到的武器是什麼？有效程度如何，不妨拿出來，多少可以給你一點意見。」

陳長青更是得意非凡：「如果我要殺你的話，你的身體已開始變冷了。」

這時，我才注意到他的手中戴了一隻以前未曾見過的戒指，那戒指有一個平方公分大小的平面，銀質，上面雕刻着花紋，看來相當古樸。一個男人，手上戴着這樣的一隻戒指，不會引起旁人特別注意。

我伸手向那隻戒指指了一下，陳長青點着頭。

我道：「用這戒指去擊中目標，不是容易的事。」

陳長青搖着頭：「有效射程是十公尺。」

我感到一陣發涼：陳長青真的準備去殺人，他為什麼突然之間有了這樣的念頭，真使我完全沒法子想像。

我只好苦笑：「射出來的……是針？」

陳長青點着頭。

我又道：「針上當然有毒，毒藥的成分是什麼？」

陳長青道：「是南美洲一種樹蛙的表皮中提煉出來的毒素。」

我雙手握着拳：「如果真是的話，這種毒素，只要進入人體，可以令中毒的人，在三秒鐘之內，因為心臟麻痺而死亡。」

陳長青道：「是，正是如此。」

我嘆了一聲：「怕只怕你花了三十萬美金，得到的只是一個精巧的玩具！不錯，有枚細小的針射出來，但是上面並沒有所說的那種毒藥。」

陳長青「嘿」地一笑：「對方十分公道，我先把錢存進瑞士的一家銀行，等我做完了我所要做的事，確證毒效之後，他們才動用這筆錢。」

我呆了半晌，喃喃地道：「那……真是公道得很，太公道了……如果你在行動中出了意外？」

陳長青道：「有一個期限，他們一樣可以動用那筆錢，只要在十公尺距離之內，抬一抬手——」

他說到這裏，真的向我抬了一抬手，我立時抓起一個墊子來，擋在身前。

陳長青見嚇倒了我，高興得哈哈大笑。

殺人自然是一種劣行，可是從陳長青的神態、言語看來，他似乎堅決相信自己的行為是正確的，這更是怪異莫名。

第十一部

陳長青的重大發現

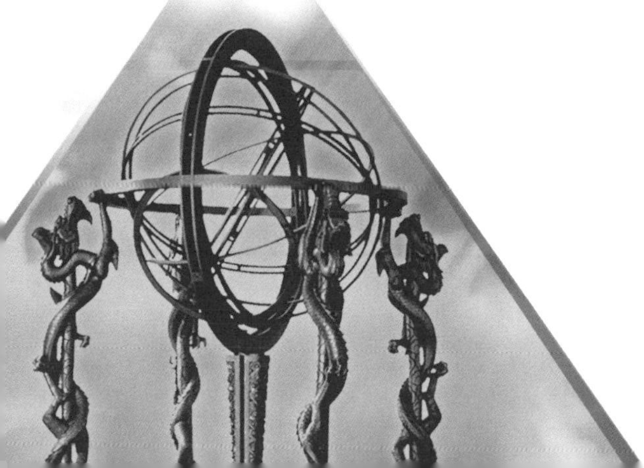

想到這裏，我多少有點氣惱：「我沒有見過一個人，殺人之前，還那麼高興的。」

陳長青止住了笑聲，神情變得極其嚴肅：「你在指責我？」

我作了一個不想吵架的手勢：「不能說是指責，只是有點好奇，想約略知道一下你的心態。你決定去殺人，堅決地要實行你的決定，感覺怎樣？」

當然，我不單是好奇，想在他的回答中，捉摸出一點線索，弄明白他究竟想去殺什麼人。

陳長青看來毫無內疚地和我對望，過了好一會，他仍然沒有開口，他的那種眼光十分異特，看起來，反倒很有點可憐我。在他的那種眼光的注視之下，我覺得自己由主動的地位，變成了被動。

我轉換了一下坐着的姿態，提醒他：「你還沒有回答我的問題！」

陳長青緩緩地道：「現在，我決不會回答你這個問題，等到我做了之後，你就會知道。老實說，我自己的心態如何，不是一個問題，問題是在於星體的神秘力量，既然影響了我，那我就非做不可。」

我「哦」地一聲：「和孔振泉在銅環上留下的秘密有關連？」

他的怪異行為，那天晚上在我家地下室，研究那些銅環之後開始的，所以我這樣試探着問他。可是陳長青抿着嘴，一點反應也沒有。

接着，又正面地、旁敲側擊地、軟聲要求地、大聲恫嚇地，揮着拳，或是跳起來，問了他許多問題，可是他不是抿着嘴，就是翻着眼，或者是發出一兩下聽了令人冒火的冷笑聲，一個字也未曾回答過我。

我終於頹然坐下，他才冷冷地道：「別浪費精神氣力了，回去睡覺吧。」

我惡狠狠地道：「我會就此干休？」

陳長青仍然冷笑道：「那你能怎麼樣？至多不過繼續派人跟蹤我。」

我聽了之後，正想反唇相譏，陡然之間，我心中一動，想起了一個主意。

陳長青十分靈活，這三天來，小郭手下的偵探人員，能順利跟蹤他，是因為他根本未曾想到會有人跟蹤他。如今他知道了，小郭的手下再跟蹤，不是被他擺脫，就是被他愚弄，再派人去跟蹤他，已經沒有意義。

但正由於如此，我反倒故意道：「當然，繼續派人跟蹤你。」

陳長青「哈哈」大笑：「好，看看你派出來的獵犬能不能成功。」

我已經有了打算，所以跟着他笑了一會。陳長青這傢伙，竟然公然對我下起逐客令來了：「你現在可以走了吧。」

我雙手按住沙發扶手，站了起來，挺直身子，嘆了一聲：「你不應該把我放在敵對的地位上。真的，我十分誠心來幫你，當我和白素，猜到了你準備去殺人，就決定來幫你，因為我們相信，你一定有你的理由。可是，你卻完全拒絕了我的幫助，還要把我趕走。」

平時，我說話很少這樣長篇大論，但這時，我真的感到陳長青的行為非常怪異。對他來說，構成凶險，所以才十分誠懇地講了那番話。

陳長青聽了，神情感動，呆了半晌，才嘆了一聲：「你實實在在是個笨蛋。」

我料不到我一番好心，表示願意幫他，他明明十分感動，但是一開口，卻會講出這樣一句話來，那真叫人生氣。

陳長青看出了我神情難看，想了一想：「我說你笨蛋，是因為有一個相當重要的關鍵，你始終沒有明白。」

我大聲道：「好，講給我聽。」

陳長青笑了起來：「我就是要你不知道。」

和陳長青認識了那麼久，對他最無可奈何的就是這次，反正我已另有打算，所以我裝出一副已經失敗和放棄的樣子：「好，那只好祝你成功了。」

我無精打采地伸出手來，又出乎我意料之外的是，他熱烈激動地和我握着手，握了又握。

我擅於從他人的行動中去揣測一個人的想法，可是真的無法知道陳長青究竟葫蘆裏賣些什麼藥。

他一直送我到門口，等我走出了幾步，他還站在門口向我揮着手。這種情形，又使我想起白素的那句話來：「看你們，快要唱『風蕭蕭兮易水寒』了。」

我心裏不禁一陣難過。陳長青有了現在的決定，一定是那天早上在我家裏的事，當時他全身冒汗，可知他有過十分痛苦的心理歷程，而他的行動，也和他生死攸關。我覺得我有責任再次提醒他一下。

所以，我轉過身來：「你要知道，你去殺一個人，也有可能被殺，機會同等。」

陳長青竟然十分平靜地道：「我知道。」

他在講了這句話之後，略停了一停，又補充道：「我更知道，我被殺的可能性，高出了不知多少。」

我嘆了一聲：「既然這樣，你為什麼堅決不要我的幫助？我應付各種險惡環境的能力，絕對在你之上。」

陳長青一聽，立時轉過了身去，表示一點也不接受我的好意，而在他轉過身去之際，我還聽到他又罵了一句：「笨蛋。」

他接連罵了我兩次笨蛋！

我看着他走進屋子，關上了門，我也只好來到了車子前，駛走了車子，駛過了街角，肯定陳長青已不可能自他的屋子中見到我，立時停車，進了一家咖啡室，打電話給白素。

我急急地道：「把跟蹤用的用具帶來，從現在起，我和你，二十四小時盯着陳長青。我們要親自出馬跟他，才不會被他發覺，他決定去殺人，可是我卻完全無法知道他去殺什麼人。」

白素在電話中只是答應，並不多問。我又道：「我在他家屋子的牆角處等你。」

放下電話之後，我不再駕車，步行前去，在接近陳長青的屋子時，我行動已開始小心，我看到陳長青屋子樓下有燈光亮着，那是他的「工作室」，我轉過牆角等着。

不到二十分鐘，白素帶來了用具：「他在家，我打過電話問他你走了沒有，電話是他聽的。」

我吸了一口氣，把我和陳長青見面的經過，講給白素聽。白素並不問別的問題，只是道：「他為什麼兩次罵你笨蛋？一定有一個重要的問題，我們沒有想到。」

我道：「是，那是什麼？」

白素蹙着眉，想了一會：「我也想不出來，你是不是有這種感覺：陳長青雖然要去殺人，但是他卻覺得自己的行為十分偉大。」

我「嗯」地一聲：「是，一副慷慨就義的味道。」

白素又道：「他花了那麼高的代價，從職業殺手那裏買來了這樣的武器，他要進行的是暗殺。」

我點頭道：「是，真要是明刀明槍，我看他也沒有這個勇氣。」

白素望了望窗口透出來的燈光：「他又明知自己的行動，凶險成份極高，有了那麼多因素，實在可以肯定，他要去暗殺的，一定是一個有着嚴密保護的大人物。」

我陡然震動了一下，白素的推理，合情合理，我竟然沒有想到這一點。

我失聲道：「他算是在找死了。雖然他有十公尺之內可以致人於死的武器，可是如果對方是一個政治領袖，或者軍事領袖，即使他得了手，也絕沒有撤退的機會。」

白素緩緩地道：「是啊，所以他才會在決定時如此痛苦。」

我猛然一揮手：「你猜，他要去殺誰？他看了銅環上的秘密，有了這個決定——」

剎那之間，在路燈微弱的光芒之下，白素的臉，變得十分蒼白，而我也突然感到了一股寒意，襲遍全身，還因為極度的震驚，臉部的肌肉，生出了一陣麻木之感。

白素先我幾秒鐘，我們兩人，都想到陳長青要去殺的是什麼人了。這個瘋子，我只好說他是瘋子，真是徹頭徹尾的瘋子，他絕對沒有成功的可能！

陳長青根本無法接近他要暗殺的對象，而且後果之可怕，真比死亡更甚。

我的聲音有點發顫：「不行，我們一定要阻止他。」

白素作了一個手勢，阻攔我向門口走去：「可是我們仍然不知道他為什麼要這樣做。」

我悶哼了一聲：「他瘋了，誰知道他為什麼要這樣做。」

白素喃喃地道：「一定有原因。」

我不理會白素，大踏步來到門口，又按鈴又搥門，又大聲叫着陳長青的名字。

白素過來，皺着眉道：「你這樣子吵，把別人吵醒了。」

我停了一下，仍然不斷地按着門鈴。可是五分鐘過去了，仍然沒有人來應門，我愈來愈覺得不對頭，向白素作了一下手勢，打開了白素帶來的那個小包，取出了開鎖的工具，很快就弄開了鎖，推門進去，一面大叫道：「陳長青。」

白素跟着走了進來，我們推開了那間亮着燈的房間。那是陳長青的工作室，裏面有各種各樣的儀器和莫名其妙的設備，是陳長青為準備和外星人聯絡和與靈魂溝通以及各種他所設想的怪異用途而設的。

在房間正中是一張巨大的桌子，我看到桌子上有一張很大的白紙，白紙上寫着兩行字，我還未曾走近，就已經看到了那兩行字，我和白素都呆住了。

那兩行字寫得龍飛鳳舞，正是陳長青的筆迹，可見他寫字的時候，心情十分興奮。那兩行字是：「衛斯理，我知道你會親自出馬跟蹤，你從前門一走，我就從後門溜了，哈哈！哈哈！」

一看到那兩行字，我就站定，立時道：「快設法阻止他離境。」

白素苦笑了一下：「海陸空三處，都可以到他要去的地方，怎麼阻截？」

我道：「盡一切可能。」

抓起電話，先叫醒了小郭，叫他立時動員偵探社所有的人，到可能離境的所有地方去，一見到陳長青，就算把他的腿打斷，也要把他抓回來。

在接下來的兩小時之中，盡了一切可能，想阻止陳長青。陳長青看來沒有採用合法的途徑離境，我想到，他可能躲了起來，躲上十天八天再走，我要白素先回去，我就等在陳長青的家中，可是一天一天過去，半個月，他音訊全無。

在這半個月之中，我至少罵了他一百萬次笨蛋，而且在半個月之後，我肯定他因為暗殺失敗，已經死了，或者被抓了起來，每天每夜，在受着極其可怕的審問。

我肯定他沒有成功，因為我和白素，猜測到的他要去暗殺的那個對象，要是有了什麼三長兩短，那是全世界最轟動的新聞，絕不會風平浪靜，一無所知。

從第五天開始，我就知道陳長青的命運不妙，轉折地通過了不少關係，去探聽他的消息，託了人又託人，都是些間接的關係，自然不容易有結果。到了半個月之後，我和白素商量，也到那地方去，白素當時說：「要去的話，我去。」

我問：「為什麼？」

白素沉聲道：「我不想你捲入這個漩渦！」

我大聲抗議：「我要把陳長青抓回來。」

白素搖頭：「你是一個那麼招搖的人，你的行動能躲過特務系統的監視嗎？」

我悶哼了一聲：「我躲得過世上任何特務組織的監視。」

白素嘆了一聲：「先讓我去，好不好？」

我凝視着她，心中知道，白素去，可能更好，所以我點了點頭。

白素笑了一下：「陳長青為什麼要去做這種事，你有沒有概念？」

我生氣道：「他瘋了。」

白素搖頭：「不，一定有原因，只是我們想不到，真怪，我們兩人的思索、推理能力，不會比他差，為什麼他在看了那些銅環，忽然有了這樣的念頭，而我們卻沒有。」

我低聲咕噥了一句：「因為我們沒有瘋。」

白素瞪了我一眼：「你又來了，我想你應該從頭到尾，把陳長青的言行再想一遍，你和他比較熟，對他的心態也比較了解。或者可以在他的一句不經意的話中，一個小動作之中，得到一點頭緒。」

我無可奈何地答應了下來。那時，白素到陳長青家裏來看我，她又道：「我去準備一下，就出發，會隨時和你保持聯絡。」

我送她到門口，看着她駕車離去，心裏極不是滋味，白素講得對，陳長青若是已有了行動，對方一定當作國際政治大陰謀來處理，無緣無故，都不知道可以牽連多少人，白素送上門去，一有失閃，那真是叫天不應，叫地不靈！

我寧願到非洲的黑森林去冒險，也比到那地方去打聽一個人的消息好，這真是一個極大的諷刺，人類竟會出現這種人為的愚昧和黑暗，比起原始森林來，還要令人感到可怖和窒息。

我思緒紊亂，大約過了半小時左右，忽然有人按門鈴，我把門打開，看到一個樣子十分普通的中年婦人，操着濃重的鄉下口音，還提着一些行李，一看就知道是鄉下才出來的，望着我：「請問張先生在家嗎？」

她一面說，一面還急急忙忙，打開了一封信來，將信上的地址，指給我看。

我一看地址，她找錯地方了，就指着對街：「你找錯了，你要找的地址在對街。」

那婦人向我連連道謝，吃力地提起行李，我轉過身，走進屋子，沒有再理會她。

我進了屋子之後，坐了下來，想照白素的話，把陳長青的言行，從頭到尾，再想一遍，誰知道背一靠向沙發，就發出了「悉索」的聲響，我忙坐直了身子，伸手向背後摸去，一摸就摸到了一張紙，那張紙，竟然貼在我的背上！

在那一霎間，我驚訝之極。衛斯理，竟然會給人開了這樣的一個玩笑！

這種玩笑只是小學生互相之間的遊戲，在紙上畫一個大烏龜，然後趁人不覺，貼在他人的背上。中學生都不幹這種事了，可是我卻叫人在背上貼了一張紙。

我立時想到了那個問「張先生在家嗎」的鄉下婦人。

也就在那一瞬間，我明白了，心情陡然由緊張變得輕鬆，伸手把貼在我背後的紙揭了下來，紙上寫着：「看，我懂得如何掩飾自己。」

我望着紙，心中實在佩服白素的化裝術，我對那個突如其來的鄉下婦人，連半絲懷疑都沒有，她的那種初到陌生地方的神情，希望得到幫助的眼神，都絕無可供懷疑之處。

我自信如果要去假扮一個鄉下人的話，也可以有接近的成功，但是在眼神上，卻很難做得到這樣逼真，我慢慢把紙摺了起來，靠着沙發，再把陳長青的言行從頭到尾想了一遍。

我得出的結論，其實並沒有什麼新意，陳長青自己以為在做一件十分偉大的事，他抱着慷慨赴義的心情去做這件事。

目的是什麼呢？直接的目的，是去進行一次暗殺，可是暗殺的目的又是什麼呢？

給我印象最深的，自然是他兩次罵我「笨蛋」，為什麼他會這樣罵我，而且又都是我十分誠懇地要幫助他的時候，為什麼？

我想了好久，仍然得不出結論，而我覺得我留在陳長青的家中太久了，我又走進他的工作室，找了一張白紙，留下了一句話：「見字，無論如何立即聯絡，否則，哼哼。」

我希望陳長青會安然回來，看到這張字條。

然後，我嘆了一口氣，白素已經出發，希望她不會有什麼意外，雖然我相信白素的應變能力，可是在那種地方，不論有了什麼意外，都絕不會叫人愉快。

回到了家裏，老蔡一開門，就向我鬼頭鬼腦地眨着眼睛，我知道那一定是白素在化裝好了之後向他說過，要去戲弄我，我瞪了他一眼：「我被騙過去了。」

老蔡高興了起來：「是啊，扮得真像。」

想起白素當時的情景，我也不禁笑了起來，在我準備上樓的時候，又忍不住向地下室的門口看了一眼。在那一瞬間，我突然想起，陳長青解開銅環上的秘密，有了這樣念頭，我何不重複一次他的行動，也許可以得到點線索？走向地下室，推開了門。才一推開門，我就不禁一怔。

自從那天早上，見過滿頭大汗的陳長青，我還未曾進過地下室，白素也未曾來過，因為銅環上的秘密既然已經解開，也就沒有什麼可做的了，誰也不會再進來。

這時，一推開門，我立刻就知道，我和白素都太疏忽了，應該早進來看一看。因為在放着銅環的桌子上，九組銅環，都整整齊齊地排在一起。這並不令人驚異，陳長青要解開秘密，當然要這樣做。

令我感到我們疏忽了的是，在桌上、地上，有許多團皺了的，看來是被隨手拋棄了的紙團，在一進門的地上，就有着一團。我拾起一團來，把紙攤平，看到上面寫着十分潦草的字，字迹是陳長青的。

他在紙上寫着：「七星聯芒，象徵着一個大城市的毀滅，可以肯定的如下：一、這個大城市在東方；二、這個大城市被毀滅是由於某種力量的破壞。三、？？？」

這一看就可以知道，是陳長青一面在想着，一面寫下來的。

很多人都有這樣的習慣，一面想問題，一面將之順手寫下來，思考起來，可以容易一些。在桌上和地下的紙團，不下三十餘團，那自然是陳長青在地下室時的思考過程，要是我們早看到這些紙團的話，早已可以知道他心中在想些什麼了。

我一面懊喪，一面急急把所有紙團，全都集中起來，一張一張攤開，一面看着紙上潦草的字。有不少，都沒有用，陳長青在想的，我和他已經討論過。

但是有幾張，卻極其重要，我約略可以知道它們的先後次序，把它們照次序來編號，一共有六張，看完之後，我目定口呆，所有的一切，有關陳長青怪異的行為，陳長青究竟決定了一些什麼，完全明白了，忍不住自己罵自己，真是笨蛋，陳長青罵得不錯，我真是笨蛋。

陳長青在那些紙上寫的字，十分潦草，他根本是自己寫給自己看的，有一些，簡直潦草得無論如何也無法辨認，不過根據前後的文義，可以猜測到那是什麼字而已。

在那一瞬間，我有了決定：立即出發。就算要找陳長青已經太遲，總可以把白素找回來。

我衝出了地下室。老蔡目定口呆地看着我，幸好他對於我的行動，早已見怪不怪，所以並沒有說什麼。

我用最短的時間化裝，包括用藥水浸浴，使全身皮膚看來黝黑而粗糙，把頭髮弄短，變硬等等在內，這種徹底的化裝，最快也需要幾小時。

當我準備好，再走下樓梯時，老蔡盯着我，我沒好氣地道：「怎樣？」

老蔡搖着頭：「天，你們準備幹什麼？」

我嘆了一聲：「講給你聽，你也不明白的。」

我說着，就離開了住所，接下來，弄假身分證明，假證件，那倒簡單的很，我至少認識一打以上、專門做這種事情的人，登上飛機，才吁了一口氣，不理會鄰座一個老太太在囉唆航空公司不肯讓她帶五架電視機當行李，閉上了眼睛養神，心中在想，搭乘飛機而把電視機當主要行李的，全世界上千條航線之中，怕也只有那幾條了。

我閉上眼睛，又把陳長青所想到的想了一遍，雖然我仍然認為陳長青是瘋子，但是他想到的，的確我和白素未曾想到。

那六張有關他思路的紙上，他寫下了他的思考程序，那是極其縝密的推理。

第一號，就是我在一進地下室門口時就揀到的那一張，內容已經寫過了。

第二號，陳長青寫的如下：

「孔振泉叫衛斯理去解救這場災難，一個大城市要毀滅，衛斯理本事再大，有什麼能力可以解救呢？」

這也是我和他討論過的問題，可是陳長青有一個和我不同之點，就是他堅決相信孔振泉的預言，所以他又寫着：

「既然孔振泉說衛斯理能解救，就一定能解救，必須肯定。

導致一個城市毀滅的因素有：

一、地震或海嘯；

二、火山爆發；

三、核子戰爭；

四、流星撞擊；

五、瘟疫——現代，不可能；

六、……

衛斯理皆無力解救，一定是另有原因。」

第三號的紙上，陳長青畫了很多圖形，那些圖形，全是點和線組成的，旁人看了這些圖形，可能莫名其妙，但是我卻一看就可以看出，陳長青畫的，全是「七星聯芒」的異象。

他沒有見過天空上實際的「七星聯芒」的現象，但我曾詳細地告訴過他，並且在星空圖上，指出過七顆星的位置。所以，陳長青畫出來的圖形，十分正確。

在他所畫的圖形之中，七股星芒集中的那一處，是一個小圓圈。

他畫了十來遍，才有了一句文字註解：「看起來，像是一條惡龍，要吞噬什麼。」

那是他的想法，我也有過這樣的模擬。

七星聯芒形成一個龍形，而七股星芒的聚匯點，恰好是在龍口，給人一條龍要吞噬什麼的感覺。但是我卻未曾想到陳長青所想到的另一點，他又寫下了這樣的一行：「七股星芒的聚會點，指示着那個要毀滅的大城市？」

我看到這裏，閉上了眼睛片刻，回想當日仰首向天，看到那種奇異景象的情形。七股星芒的聚會點，形成一滴鮮紅，像是一滴鮮血那樣的觸目驚心。

陳長青有了這樣的聯想，當然是一項新的發展，但沒有意義，即使知道是哪一個大城市，明知這個城市要毀滅，又有什麼辦法？

在第四號紙上，開始仍然畫着同樣的圖形，所有的線條，都不是直線，而是在顫動，證明他在那時，可能在劇烈地發抖。

在三個同樣的圖形之後，接下來，是一個大致相同，但略為有點不同的圖形，而且那個圖形，只是大小不同的七個黑點。

我立即認出，那七個黑點，是最小的那幾個銅環中顯示的位置。那七個黑點，代表七個受星體影響的人，這一點是已經肯定了的。

我心中登時「啊」地一聲，想到了什麼。我所想到的，陳長青也在圖形下寫了出來，他的手一定抖得更厲害，他寫着：「七個黑點的排列位置，和聯芒的七星，何其近似？」

這又是陳長青的新發現，也令我猝然震動。一點也不錯，七個黑點的排列位置，和青龍七宿之中，發出長而閃亮的星芒的七顆星的位置，十分近似。

然後，就是關鍵性的第五號紙，在第五號紙上，他用幾乎狂野的筆迹，寫下了以下的字句：「七個星體，影響、支使着七個人，七個星體，聯成一條龍形，發出星芒，要吞噬什麼，就可以理解為在七個星體的支使下，七個人要吞噬什麼，這七個人……七個人……要吞噬的……對了，是一個大城市。」

在那幾行字之後，他用極大的字體寫着：「要毀滅一個大城市，不一定是天災，也可以是人禍。人禍不一定是戰爭，幾個人的幾句話，幾個人的愚昧行動，可以令一個大城市徹底死亡。」

我的身子，也不由自主在發着顫。

我們一直在考慮地震、海嘯、火山爆發、核子戰爭、流星撞擊、瘟疫橫行，卻全然沒有想到，幾個人的幾句話，幾個人的愚昧無知的行動，一樣可以令到一個大城市遭到徹底的毀滅。

這種特殊的情形，在人類的歷史上，還未曾出現過，所以難以為人理解。

我又立即想起那天晚上，許多人在討論那個問題時，其中一位提出來的例子，那是美國西部，在掘金熱時代所興起的鎮甸，在掘金熱過去之後，居民相繼離開，而變成了死鎮的事實。

那位朋友當時曾說：「一個大城市的形成，就是有許多人覺得居住在這個地方，對他們的生活、前途都有好處，當這種優點消失之後，成為大城市的條件，就不再存在，這個大城市也就毀滅、死亡。」

當時，我並不以為意，以為那只是小市鎮才會發生的事情。

但是現在，我已完全可以肯定，一個大城市，即使是在世界經濟上有着重要地位的大城市，一樣可以遭到同樣的命運。

不必摧毀這個大城市的建築物，不必殺害這個大城市中的任何一個居民，甚至在表面上看來，這個大城市和以前完全一樣，但是只要令這個大城市原來的優點消失，就可以令這個大城市毀滅、死亡。

而這樣做，可以只出自幾個人愚蠢的言語和行動。

僅僅只是幾個人狂悖無知的決定，就可以令到一個大城市徹底被毀，它可以仍然存在地圖上，但只是一具軀殼，不再是有生命的一座城市。

當時，我整個人如同處身於冰窖之中，遍體生寒。「七星聯芒」的景象，預示的是什麼，終於一清二楚，而那種災禍，確確實實已經開始了。

我絕不感到恐懼、激動或是憤怒，我只是感到悲哀，極度的悲哀，為人類的命運悲哀。

人類之中，總有一些人，覺得自己在為改變人類的命運而做事，可哀的是，這些人完全不知道自己的行為，只是受來自某些遙遠的天體神秘力量所支使的結果。

他們沾沾自喜，以為自己高出于一切人之上，實際上，他們只是一種不可測的力量的奴隸。

他們受着星體力量支配，甚至盲目，每一個普通人都可以看得清清楚楚的事實，在他們看來，完全是另一個樣子。

人人都知道他們的言行，會使一個大城市遭到徹底的毀滅，他們卻不這樣以為。

在歷史上，多少人曾有過這種狂悖的想法，認為他們才是主人，從亞歷山大帝，到成吉思汗，到拿破侖，到希特勒，都曾以為他們可以成為世界的主宰，但實際上，他們身不由己，是完全失去了自己的奴隸，一種來自深不可測的宇宙深處神秘力量的奴隸。

孔振泉為什麼會以為我可以改變這種情形？我有什麼法子可以改變？就算有一個星體，賜給我像是漫畫書中「超人」的力量，也沒有法子去改變狂悖者的愚昧行動。

孔振泉一定弄錯了。

這一點，陳長青也想到了。在第六號紙上，他寫下了很多字句，第一句就是：「孔振泉錯了，雖然知道了一切，明白會發生什麼事，仍然沒有任何人，包括衛斯理在內，可以挽救。」

在那兩行字之後，他接連寫下了七八十個問號，有的大有的小，可以說明他的思緒極度紊亂。

接着，他又寫了好幾十遍：「星體支使人，支使獨一的一個人，要是這個人不再存在？這個人不存在，星體沒有支使的對象，就像有着控制器，但是機器人遭到毀壞，控制器又有什麼用？」

我看到陳長青這樣設想，不禁十分佩服。

把來自遙遠星空的星體的神秘影響力量和被這種力量支使的人，設想成為控制器和機器人，真是再恰當也沒有。機器人的接受信號部分，受了控制器所發出信號的支使，機器人可以做任何事。機器人本身，只是一種工具，沒有自主能力，機器人甚至會講話，會有思想的組成能力，但全是控制器發出信號的結果，不是機器人自己產生的能力。如果機器人被毀，單是一具控制器，發出的信號再強，失去了接收部分，也就等於零。

陳長青想到了這一點，接下來他再想到什麼，自然而然。他又這樣寫：「沒有人有力量改變星體，也就是說，沒有人可以去毀滅控制器，那麼，唯一的方法，就是去毀滅受控制的機器人！」

我接連吸了幾口氣，所以，陳長青想到了去殺人。

在他想來，那不是去殺人，只是去毀滅「機器人」，阻止狂悖愚昧的行為通過「機器人」來執行。

他在第六號紙上繼續寫：「孔振泉對，衛斯理有能力這樣做，但是他為什麼不知道災禍的由來和如何遏制？對了，實情是，通過衛斯理，這個責任，落在我身上。」

在那幾行字之後，又是一連串大大小小的問號，說明他的心情，實在十分矛盾。

我看到此處，也只好苦笑，陳長青和孔振泉未免太看得起我，我根本沒有這個能力，暗殺絕不是我的專長，非但不是，而且那種行為，還能引起我極度的厭惡，就算想通了來龍去脈，不會想到去「毀滅機器人」！

他接下來所想的，令我十分感動。

「不要讓衛斯理去，這是生死相拼的事，成功可能太少，衛有可愛的妻子，每一個朋友都喜歡他，讓我去好了，讓我去好了。」

「我去！」

這「我去」兩個字，寫得又大又潦草。

這就是陳長青全部的思路過程。這就是為什麼當我兩次誠心誠意提出要幫助他，而他罵我「笨蛋」的原因。因為我根本沒有想到，他為了不要我去涉險，而替代我去行事。而我還要去幫助他，這不是笨蛋到了極點？這也是為什麼他會如此激動和我道別的原因，他明知自己此去凶多吉少，也明知自己可以不去，不會有任何人責怪他，但是他知道，他不去的話，我就有可能去。

而他，由於是我的好朋友，所以他寧願自己去，而不願我去。

他當然經過了縝密的思考，才作出了這樣決定，那種思考的過程，令到他汗出如漿，而我和白素，卻一點也不了解他。

陳長青這種對朋友的感情，是古代的一種激盪的、浪漫的、偉大的俠情。

我一方面由於陳長青的這種俠情而激動，回想着他種種不可理解的言行，這時都十分易於理解，但是我另一方面，還是不住地在罵他，罵他想到了這一切而不和我們商量。

要是他和我們商量，我們就一定不會讓他去冒險，我和白素，也不會去冒險。

或許，他說得對，他曾說過我像是中藥方中的「引子」，像是化學變化中的「觸媒劑」，白素解開了初步的秘密，陳長青解開了進一步的秘密，全由我身上而起。

我感到極度的迷惑，但是我立時有了決定：白素去接應陳長青，那還不夠，我也要立刻去。不管這是我的決定也好，是受了什麼神秘力量的影響使我有了這種決定也好，我都要去，立刻去。

這就是此刻，我為什麼會在這架破舊窄小的飛機中的原因。

第十二部

異地之行

我知道陳長青要去「毀滅機器人」，毀滅了一個，是不是可以使「七星聯芒」的現象遭到破壞？誰也不知道！

他開始行動至今，已經超過了半個月，「機器人」顯然未曾被毀滅，還在繼續接受着星體的支使，在使那座要被毀滅的大城市，遭到根本性的破壞。

他雖然有了在十公尺之內，可以輕易致人於死的上佳武器，可是問題是：他有什麼法子可以使自己接近目標到十公尺？

而且，更令我心寒的是，就算他有了離目標十公尺的機會，他行動，成功了，他絕無可能全身而退！

所以，在鄰座老太太不斷的嘮叨聲中，我又有了決定：如果我和白素，能夠找到陳長青，決不會被他任何言語所打動，我們所要做的事是：立刻離開。

我並不擔心如何和白素聯絡，即使是在一個陌生的地方，即使是在千萬人之中，我們自然有可以聯絡得上的辦法，擔心的是陳長青，他這個人，真要不顧一切起來，比什麼都可怕。

看起來在航程之中我一直合着眼，但是心中七上八落，不知想了多少事。

等到飛機降落，我使用最多人使用的交通工具，到我要去的地方去。

我第一件要做的事，是先和白素取得聯絡。我們有一個十分原始的聯絡方法，那就是在這個地方的一些著名的場所，留下只有對方才看得懂的記號。

譬如說，如果在巴黎，我們要聯絡，就會在巴黎鐵塔、羅浮宮、凱旋門附近，可以留下記號的地方，留下記號，如果在倫敦，就會在西敏寺大鐘、白金漢宮附近留下記號。

白素不知道我也來，她當然不會留下任何記號給我，但是我卻希望，她能記得我們的約定，到一些著名的地方去，看到我留下的記號。

我找了一所很多普通旅客投宿的旅店，然後離開，在六七處地方，留下記號。然後回到旅店。

在這個地方，人和人之間互相望着對方的時候，總有一種懷疑的眼色，我不想引起太多的注意，行動十分小心。

可是，還是有人走過來問：「你是第一次來？為什麼一直留在旅店中？」

我也不知道這樣來問我的人是什麼身分，只好含糊應着：「我在等朋友。」

那個人接着又問了不少問題，我都沒有正面答覆，那個人帶着懷疑的神情離開。

我回到自己的房間中，才躺下，門就被打開，一張平板冷漠的臉，一面替熱水瓶加着水，一面卻不斷地乜睨着打量着我。

我只好嘆了一口氣，重新起身，離開了旅館，到我留下記號的地方去。

本來沒有抱着任何希望，可是才到了第三處，那是一座相當著名的公園，一座有着龍的浮雕的牆前，我陡然看到在我留下的記號旁邊，多了一個同樣的記號。

我真是大喜若狂，連忙四面打量。這時，已經接近黃昏時分了，附近的人並不多，有幾個西方人正在大聲讚嘆建築物的美妙，我看到在一株大樹旁，有一個中年婦人在。

我幾乎叫了出來：「白素！」

可是那中年婦人的手上，卻拉了一個五六歲大的小男孩。怎麼會有一個小孩子呢？我猶豫了一下，那中年婦人卻在這時，向我望了過來，她只望了我一眼，就拉着那男孩，看來極不經意地走了開去，背對着我。

可是她的手放在背後，卻向我作了一個手勢。

我一看到那個手勢，伸手在自己的頭上打了一下，那真是白素。她這樣的打扮，再加上手上拉着一個小男孩，可以使任何人，包括我在內，都認不出她。

保持着一定的距離，一直到離開了公園，路邊的行人相當多，白素俯下身，對那小男孩講了幾句話，小男孩跳蹦着，一溜煙跑走了。那時，天色已迅速黑了下來，我在她過馬路時，追上了她，白素向我望了一下：「唔，化裝倒還不錯，為什麼立刻追來了？還是不放心？」

我搖頭：「不是，有了重大的發現。」

我們擠在人群中走着，不會引起任何人的注意，我把在地下室中看到有關陳長青留下的字紙的事情，詳細向她敘述着。

白素在聽完之後，嘆了一聲：「陳長青的設想很對，可是他行動瘋狂，毀滅了一個機器人，控制器不會另外去找一個機器人麼？」

我猶豫着：「但是，孔振泉卻……要我去解救這場災難，我們應該相信孔振泉的判斷。」

白素抿着嘴，沒有回答。

一直等到又走出了十來步，她才道：「孔振泉的判斷，當然應該相信，但是我敢肯定，決不是陳長青所想用的方法。」

我苦笑：「那怎麼樣？我又不能真的飛上天去，把那七顆看來像是龍一樣的星辰上的星芒消滅。」

白素望了我一眼：「你沒有抓龍的本事，誰都沒有，但是，可以有追逐這條惡龍的本事。」

我全然不明白：「追逐……惡龍？」

白素揮着手，看得出她的思緒也十分迷亂，過了一會，她才道：「我的意思是，這條龍的動向，我們知道了，它要吞噬一座大城市，我們唯一能做的是追逐它的動向，把它的每一個動向，早一步向世人宣布。」

我一腳將腳下的一張紙團踢得老遠：「那有什麼用？並不能改變事實。」

白素嘆了一聲：「這已經是我們可以做的極點，我們總無法以幾個人的行動，去影響一個龐大勢力的決定。」

我苦笑了一下：「或許，努力使那幾個人明白，他們這樣做，是在毀滅一個大城市，還比較有用。」

白素望着我：「記得嗎？那是星體影響的結果，除非能改變星體的支使力量，不然不能令他們改變主意。還是設法救陳長青吧，你有什麼特別的方法？」

我抬頭望向前，夜色更濃，在眾多暗淡的燈光之下，人影幢幢，擠成了一團，看起來令人心慌意亂。在茫茫人海之中，要把陳長青找出來，的確不是容易的事。

我想了一想：「他是一個外來者，外來者逗留的地方，一定是旅館，我們分頭去找，一家一家找過去，總可以找得到。」

白素看來並不是很同意我的辦法，但是也想不出有更好的辦法來，只好點了點頭。我和白素約好了每天見面一次，就分頭去行事。一天接一天，一直又過了十天，仍然未能找到陳長青，我愈來愈是焦急，那天晚上，又和白素見面時，我道：「這裏，把人抓起來，根本不公布，或許陳長青早已失手被捕，我們怎能找得到？」

白素想了一想：「再努力三天，不要用以前的方法找，我們到每一家旅館去留言，要找陳長青，叫他和我們聯絡，當然，也要留下我們的名字，不論他化了什麼裝，用了什麼身分，好讓他知道我們來了，希望他來和我們聯絡。」

白素的辦法，會使我和白素的身分暴露，但是除此而外，也沒有別的辦法了。而且，我們自己也不必把自己設想得太偉大，人家未必知道我們是何等樣人。

於是，在接下來的三天中，我們就用了白素的辦法，第三天晚上，我和白素見面，有兩個人，逕自向我們走了過來。一看這兩個人的來勢，就知道他們不是普通人。

那是兩個青年，其中一個頭髮較短的，打量我們，冷冷地道：「你們在找一個叫陳長青的人？」

我吸了一口氣，點了點頭。

另一個的聲音聽來更令人不舒服：「你們是一起的，可是住在不同的旅館，每天固定時間，見面一次。」

我一聽，就知道我們被注意已不止一天。一個取出了一份證件，向我揚了一揚：「你們要跟我們走。」

我向白素望去，徵詢她的意思，那兩個人立時緊張起來，一起低聲喝：「別想反抗。」

白素緩緩點了點頭，表示可以跟他們去。剛好這兩個人這樣呼喝，我立時道：「像是我們被捕了。」

兩人連聲冷笑，短頭髮的那個道：「現在還不是，但必須跟我們走。」

我聳了聳肩，表示沒有意思。那兩個人在我們旁邊，和我們一起向前走去，忽然之間，也不知從什麼地方冒出了六七個人，將我們圍在中間，一輛小型貨車駛過來，我們被擁上了車。

上了貨車之後，有人撲上了防雨的帆布篷，把貨車的車身遮了起來，車上有着兩排板凳，有四個人和我們坐在一起，我問了幾聲「到什麼地方去」而沒有人回答我，也就不再出聲。

車行大約半小時，那四個人站了起來，兩個先下車，兩個傍着我們下車，那是一個相當大的院子，望出去，全是灰撲撲的水泥地、水泥牆，我們被帶到了一間房間，又等了一會，有兩個人走了進來，那兩個人大約五十上下年紀，一看而知地位相當高，進來之後，也不說話。

我和白素保持着鎮定，也不開口，又等了一會，進來了一個看來地位更高的人，那人一坐下，就道：「你們在找陳長青？」

我點了點頭，那人又問：「為什麼？」

我早知道對方會有些一問，也早作好了回答的準備，所以我立時道：「他是我們的好朋友，神經不很正常，會做莫名其妙的事，在旁的地方，問題不大，但在你們這裏，可能構成嚴重的罪行，所以我們想找他，趁他還沒有闖禍，把他帶走。」

那人悶哼了一聲：「神經有毛病？真還是假？」

我小心地回答：「真的，而且相當嚴重，他堅信可以做重要的事！」

我說得十分小心，因為我不知道陳長青的處境怎樣。我堅持他神經不正常，這樣才容易替他的行為開脫。

那人聽得我這樣說，「呵呵」笑了起來：「是的，他的確有這種行為。」

他說到這裏，頓了一頓，陡然臉色一沉：「我們已經作了初步調查，這個人的背景，異常複雜。」

我挪動了一下身子，白素問：「請問，他被捕了？」

那人考慮了一會，才點了點頭，我不禁焦急起來，白素向我使了一個眼色，不讓我說話：「請問他為什麼被捕？」

那人冷冷地道：「亂說話。」

我吁了一口氣，陳長青還沒有做出來，只是亂說話。我忍不住道：「本來是在這裏，任何人說話都得打醒十二萬分精神才好。」

那人的臉色變得更難看，聲音也變得嚴厲：「他假冒記者……」

我不等他講完，忙道：「他真有記者身分。」

我這樣說，倒並不是詭辯，陳長青這個人，什麼都要插上一腳，他的確有新聞記者的身分，那是獨立的記者，不屬於任何報館的那種。

那人「哼」地一聲：「那種記者，我們不承認。」我攤了攤手，表示如果那樣的話，那就無話可說。那人盯着我和白素，冷峻地問：「你們的身分又是什麼，坦白說。」

我鬆了一口氣，當然不會笨到「坦白說」，我指着白素：「她是中學教員，我在大學的圖書館工作。」

那人悶哼了一聲，從另一個人的手中，接過文件夾，翻閱着，我不禁緊張，那人看了一會，合上了文件夾：「陳長青這個人，我們不相信他有神經病，認為他有意在進行破壞行動，所以要扣留審查，你們兩人不要再到處找他，那會造成壞影響。」

我聽了之後，啼笑皆非：「我們的一個朋友忽然不見了蹤影，難道不能找他？」

那人沉下了臉：「現在你們已經知道他在什麼地方，當他把一切問題交代清楚，自然會有明確的處理。」

白素嘆了一聲：「這人神經不正常，請問是不是可以讓我們知道，他究竟講了些什麼？」

那人悶哼了一聲，轉過身去，和先前進來的那兩個人，低聲交談了幾句，那兩個人之中的一個，走了出去，房間裏沒有人再講話，氣氛壞到了極點，有極度的壓迫感。使我感到慶幸的是，陳長青只是「亂説話」，還未曾使用他從殺手集團處高價買來的那秘密武器。

等了相當久，仍然沒有人開口，我實在忍不住：「我們在等什麼？」

那人冷冷地道：「你剛才的要求，我們正在請示上級，看是不是批准。」

我「哦」地一聲，只好繼續等下去。沉默又維持了幾分鐘，那人開始有一搭沒一搭地和我們閒聊起來。

我和白素要十分小心地回答他的問題，因為我們既不敢作違心之言，又不能直言——「亂説話」正是陳長青的罪名，所以氣氛更是惡劣，我倒寧願大家都保持沉默。

足足半小時，離去的人，走了進來，來到那人的身旁，俯耳低語了幾句。

在這裏，就算最普通的事情，也用一種神秘（兮兮）的態度在進行！

那人點了點頭，站了起來，向我們作了一個手勢，向外走去。我們仍然被擁簇着，到了另外一間房間。

那間房間除了幾張椅子和一架電視機，別無他物，那人示意我們坐下來：「通過電視，你們可以看到陳長青的行為。要注意的是，你們看到的一切，都是秘密，對外不公開，不能隨便向人提起。不然，就是與我們為敵。」

我悶哼了一聲，表示聽到了他的話，那人走到牆前，在牆上拍了兩下。電視開始有畫面，先是一座相當宏偉的建築物的門口，接着，有一群人走了出來。這群人的中心人物，一望而知是一個個子相當高，樣子也算是神氣，但卻不倫不類，戴了一副黑眼鏡的中年人。

這一群人步下石階，另外有一群人，迎了上去。迎上去的那群人，一看便知道全是記者，白素在這時，輕輕踫了我一下，我也立時注意到，陳長青混在那一群記者之中。

我不禁有點緊張，那戴着太陽眼鏡的中年人，是一個地位重要的人物，雖然那不是陳長青行動的主要目標，但如果陳長青認為他無法接近那主要目標而胡來，也真是夠瞧的了。

人聲很混雜，記者群迎了上去之後，七嘴八舌，向那主要人物問了很多問題，那主要人物笑着，太陽眼鏡遮去了他的一部分眼神，他的聲音蓋過了其他人的聲音：「你們怕什麼？」

電視畫面在這裏，停頓了下來。那人指着電視機：「接下來發生的事，並沒有公開過，在新聞傳播上被剪去了。」

我和白素一起「嗯」了一聲，然後，電視機畫面又開始活動，只看到陳長青愈眾而前，用更高的聲音叫道：「當然怕，就是怕你們把一個大城市徹底毀滅。」

那主要人物轉過頭去，不看陳長青，露出厭惡的神色，立時有兩個毫不起眼的人，來到陳長青的身邊，一邊一個，將他夾住，拖着他向外走去。那兩個人對於如何令到一個人離開，顯然訓練有素，他們抵住了陳長青的腰際，那會令到陳長青全身發軟，使不出勁來掙扎，只有迅速地被拖離。

但是，那種手法，卻不能令到陳長青不出聲，陳長青在被迅速拖開去之後，在大叫着：「別以為那是你們自己的決定，你們身不由己，受了幾個大石塊的神秘影響，你們……」

陳長青只叫到這裏，已被拖出了鏡頭之外，在電視畫面上，看不到他了。那個主要人物像是完全沒有什麼事發生過，又講了幾句話，轉身向內走去。

電視畫面在這時候，也停止了。

我一等電視畫面消失，便忍不住叫了起來：「這算是什麼亂說話？有人問，他回答，那也算是亂說話。」

那人的面色極難看：「當然是。」

我還想說什麼，白素向我使了一個眼色：「陳長青他說什麼受一聲大石頭的影響，那是什麼意思？真莫名其妙。」

我一聽白素那樣講，不禁一怔，陳長青那種說法，別人聽來自然莫名其妙，但是我和白素，卻應該再明白也沒有，陳長青指的是人類的思想行為受某些星體的神秘力量影響，她為什麼還要這樣問？但我只是怔呆了極短的時間，就立時明白了她的意思，所以我馬上附和道：「是啊，他胡言亂語，一定是他間歇性的神經病發作，這個人，唉。」

那人用十分疑惑的眼光看着我，我則一個勁兒搖頭，嘆息，表示陳長青這個人，若是神經病發作起來，真會胡言亂語。

過了一會，那人才道：「他的話，沒有人明白，他被捕之後，還聲稱如果讓他見到最高首長，他會說出一個驚人的秘密，和什麼星象有關。」

我苦笑了一下。陳長青太異想天開了！我忙道：「你們唯物論者，自然不會相信他的鬼話。」

那個人「嗯」了一聲：「可是這個人的行動，已經構成了一定程度的破壞。」

我道：「一問一答，不算是破壞，如果不讓人家有回答，何必發問？」

那人怒道：「回答，也不可以亂答。」

我道：「我明白，回答問題，一定要照你們的意思來回答，陳長青太不識趣。」

那人斜睨了我半晌，我坐直了身子：「對不起，我所想的，就是我所說的。」

那人神情仍難看：「我們對他進行了詳細的調查，當然不會讓他去見最高首長。」

我和白素都暗中鬆了一口氣，白素道：「調查有結果了？」

那人悶哼一聲，並沒有直接回答，只是道：「他被列為絕對不受歡迎人物，會在短期內驅逐出去，你們兩位，不必再在這裏等他。」

一聽得他這樣講，我真是如釋重負，連聲道：「是，我們立刻就走，在邊境等他。」

那人又盯了我們一會，他的目光十分銳利，我心中也不禁有點發毛，他望了一會，才道：「會有人帶你們離去。」

我和白素當天晚上，就離開了這個城市。

在邊境等了兩天，那天下午，看到兩個武裝人員，押着陳長青，走出了關閘。

第十三部

氣數

陳長青十分垂頭喪氣，他看到我和白素，翻了翻眼，一副受盡了委屈的樣子，我忙道：「不必多說，我們也去過，全知道了。」

陳長青語帶哭音：「我失敗了。」可是他隨即挺了挺臉：「不過，至少我令全世界知道，他們會把一個大城市徹底摧毀。」

看到陳長青這種神情，我實在有點不忍心把真相告訴他，但是他始終會知道的。所以我一面和他向前方走，一面道：「你連這一點也未曾做到，你不知道電視畫面可以任意刪剪的嗎？」

陳長青像是受了重重的一擊，「啊」的一聲，張大了口，說不出話來。白素安慰他道：「回去再說，你的行動已經證明了你人格的偉大，而且，絕無疑問，你是我們最好的朋友。」

陳長青十分重感情，他聽得白素這樣說，神情激動，眼圈也紅了，伸手在自己的鼻子上擦了擦：「我失敗了，衛斯理，你……會再去冒險？」

我十分堅決地搖頭：「決不。因為我知道，類似你這樣的行動，一點用處也沒有！」

才一見到陳長青，我就注意到，他手上仍然戴着那隻「戒指」，這時，我又自然而然，向那隻「戒指」望了一眼。

陳長青的神情十分憤慨，他脫下了那隻戒指，用力向前拋出，我剛想阻止他，已經來不及了，這種來自殺手集團的精巧武器，有時是很有用處的。

那戒指落在路上，一輛卡車駛過來，輪胎剛好壓在那戒指之上，等到卡車駛開去，路面什麼也不剩下。

我嘆了一口氣：「多少萬美金？真是世上最大的浪費。」

陳長青恨恨地道：「錢不算什麼，我只是怪自己太沒有勇氣。」

我忙道：「我不同意。」

陳長青嘆了一聲：「我大聲回答『怕什麼』的問題，我應該有行動。找不到主要的目標，次要的也好。」

白素搖着頭：「那是幼稚！無知！一點也起不到作用。」

我大聲道：「對。」

陳長青又嘆了一聲：「那我們應該怎麼辦呢？」

這個問題，我答不上來，白素也答不上來。

我們不但當時答不上來，在好幾天之後，每天都和陳長青討論這個問題，仍然沒有答案。

開頭的時候，陳長青堅持：孔振泉說可以挽救這場災禍，一定可以。

在我和白素說服他的過程之中，他甚至還提出了許多挽救的方案，照他的說法，從根本上着手。

陳長青所謂從根本上着手的方法，是要去改變星體對人的影響，他說：「理論上來說，東方七宿中聯芒的七個星體，只要稍為有一點點變化，那種神秘的影響力量，就也會起變化，也就是說，受它們支使的七個人，想法就會不同。」

我拍着他的肩：「我完全同意你的理論，可是，如何使那七座星體發生最輕微的變化呢？」

陳長青還是興致勃勃：「理論上來說，一枚火箭如果撞擊星體表面，爆炸，這種小小的影響，已經足夠。」

我只好嘆氣：「現在沒有火箭。可以從地球上發射，射到青龍七宿的任何一顆星體上去。不但現在沒有，在可見的將來，也不可能。」

陳長青仍然不肯放棄：「使一顆小行星改變它的軌迹，撞向那七顆星體中的任何一顆，效果會更好。」

不過，在提出了這個辦法之後，他自己也感到了行不通，懊喪地搖着頭：「用什麼力量去使一顆小行星改變它的軌迹呢？」

有一次，陳長青又忽發奇想：「派能言善道的人，去說服他們，改變主意，好讓大城市繼續照它自己的方法生存下去。」

但他隨即又否定了自己的想法：「不行，那沒有用，說服力再強，也敵不過來自星體的支使力量。他們是那種神秘力量選定的工具，神秘力量支配着他們，要他們去做這種事，沒有人可以說服他們。」

在陳長青提出了種種方法，而其實沒有一樣可以行得通之後，我道：「請你注意一點，孔振泉觀察星象，對星象影響地球上大大小小的事和人這方面，確然有獨特的成就，但是終他一生，他只是觀察、預知，而從來也未曾在知道之後，改變過一件事。」

陳長青眨着眼道：「你的意思是——」

我道：「我的意思是：天象示警，使少數天象有感應力的人，知道了會有什麼事發生。就算這少數人昭示天下，使得天下人都知道，而且也相信了，但是，天象所警告的那件事，還是會發生，沒有任何力量，可以使之改變。」

陳長青道：「那麼，孔振泉為什麼要你……」

我嘆了一聲：「孔振泉太老了，老糊塗了，以為可以挽救，事實上，那不可能！」

陳長青的神情十分難過，他接受了「不可改變」這個事實，但是還是心有未甘：「也不一定完全不能改變，可以有多少改變。」

我苦笑：「你又有什麼新花樣？」

陳長青揮着手：「譬如說，將近一千九百年前，龐貝城毀滅的那次，如果事先有人發出了警告：龐貝城快毀滅了，大家快離開，而城中的居民又相信了，大量離開。雖然結果不變，龐貝城仍然被火山灰所淹沒，但是至少可以使許多人不至於死亡。」

他講到這裏，興奮了起來：「我們就可以用這個辦法，使這座註定了要被徹底毀滅的大城市中的居民，盡一切可能離開。」

我和白素聽得陳長青這樣説，都同時長嘆了一聲。

陳長青瞪着眼：「怎麼，這不是可行的辦法麼？」

我點頭：「是，但這種事，不必我們作任何宣告，任何人都可以看得出來，和火山灰猝然覆蓋不同，這座大城市的死亡，將是逐步逐步的，在它的死亡過程中，可以離開的人，誰還會留下來？而離開的人愈多，死亡的過程也愈快，你仔細想想，是不是這樣？」

陳長青呆了半晌，才自言自語地道：「明知會發生，而又無可改變的事，叫什麼？」

我和白素異口同聲答：「氣數。」

這時，正是午夜時分，陳長青走到院子中，抬頭向天上看去，天上繁星無數，點點生輝，陳長青伸手指向天空，苦笑着：「東方七宿真的可以排列成一條龍的形象，這條龍……這條龍……」

我和白素站在他的身後：「天體和地球人思想行為的關係究竟如何，太深奧了，只知道有事實存在，但是無法知道其究竟。」

陳長青喃喃地道：「將來，一定會知道的。」

我反問：「多久的將來？」

陳長青默然，我默然，白素也默然。

再加一點說明「追龍」是一個沒有結果的故事。別以為所有的故事都是有結果的，事實上，太多故事沒有結果，「追龍」就是其中一例。

在以往每一個故事中，衛斯理都做了一些事，或成，或敗，但是在「追龍」中，衛斯理什麼也沒有做。是的，別以為世上所有的事都可以通過努力而達到目的，事實上，世上有太多的事，再努力也達不到目的。

或問：「追龍」想說明些什麼呢？別以為每一個故事，都一定要說明什麼，事實上，世上太多的故事，根本不說明什麼。

再問：「追龍」是寫給什麼樣人看的故事呢？別以為所有的故事，都可以使人看得明白，世上有太多的故事，不容易看得明白。

但是「追龍」畢竟還是一個很容易明白的故事。

你已經明白了，是不是？

一定是。

（全文完）

衛斯理小說典藏版　20

追龍

作　　者：　衛斯理（倪匡）
責任編輯：　黎倩雲　黃敬安
封面設計：　三原色
出　　版：　明窗出版社
發　　行：　明報出版社有限公司
香港柴灣嘉業街18號
明報工業中心A座15樓
電　　話：　2595 3215
傳　　眞：　2898 2646
網　　址：　https://books.mingpao.com/
電子郵箱：　mpp@mingpao.com
版　　次：　二〇二〇年七月初版
二〇二二年七月第二版
二〇二二年十月第三版
二〇二四年六月第四版
I S B N：　978-988-8687-97-8
承　　印：　美雅印刷製本有限公司